...Achterbahn!

Von Peter Brad

Bibliografische Information der Deutschen Nationalbibliothek
Die Deutsche Nationalbibliothek verzeichnet diese Publikation in der Deutschen
Nationalbibliografie. Detaillierte bibliografische Daten sind im Internet über
http://dnb.d-nb.de abrufbar.

Auch als Hörbuch erhältlich
www.peterbrad.com

Herstellung und Verlag: Books on Demand GmbH, Norderstedt
ISBN: 9783833498626

Inhaltsverzeichnis

Danksagung

Jeder Mensch unterliegt den Einflüssen seiner Umwelt. Den grössten Einfluss haben dabei die Mitmenschen, die einen im Leben begleiten. Ich danke deshalb allen, denen ich in meinem Leben begegnet bin, und die dazu beigetragen haben, dass ich der geworden bin, der ich heute bin. Ich bin zufrieden. Danke!

Speziellen Dank verdienen dabei:

Meine Frau, die beste von allen. Sie ist mir eine tägliche Inspiration und ihr Lachen gibt mir Freude im Leben.

Meinen beiden Jungs, die mich immer an meine eigenen Träume von der Welt erinnern und mich mit ihrer schier grenzenlosen Energie und Liebe auf Trab halten.

Meiner Schwägerin für das Lektorat.

Den Beatles, die mir seit der Pubertät und noch heute mit ihren Liedern das Herz und die Gedanken öffnen.

Den Musikern Jay Leonard, Thomas Dolby, Joe Jackson und Lenny Kravitz, und Outkast, die zwar unterschiedlicher kaum sein könnten, aber mich unzählige Stunden begleitet haben.

Nestlé für Nespresso, den besten Espresso, den man zu Hause haben kann und den ich immer noch selber zahle.

Google und alle, die im Internet als unerschöpfliches Nachschlagewerk publizieren.

... Achterbahn!

Der Anfang

Die Nacht ist schwül. Ich setze mich auf meine Harley, den breiten Lenker fest im Griff, schwingt der Seitenständer von alleine rein. Kick – nichts. Choke etwas auf, kick Vollgas. Brüllend und dann blubbernd meldet sich der V2 zur Arbeit. Licht ein und los geht's in die Abenddämmerung. Die Strassen in der Ostschweiz sind nach sieben Uhr Abends herrlich leer. Ich nehme die Hauptstrasse rauf nach Kirchberg. Die Strasse ist übersichtlich. Keine Polizeikontrolle, die sich verstecken kann. Ich geniesse es aus den langen Kurven heraus zu beschleunigen und nutze den grossen Hubraum um tieftourig übers Land zu cruisen. Vorbei an alten Apfelbäumen, hindurch durch kühle Tannenwälder. Ich nehme den Weg zurück nach Rickenbach und erreiche die X-Bar pünktlich zur Happy Hour. Ich spüre förmlich die Blicke der knackigen Lehrtöchter, die gekommen sind, um das Wochenende mit einem Drink einzuläuten.

Drinnen ist es auch nicht gerade angenehmer als draussen. Der Geruch von Männerschweiss und ausgekipptem Bier mischt sich mit den frisch aufgetragenen Parfüms der Girls. Ich frage mich jedes Mal, warum ich hierher komme. Draussen neigt sich ein wunderschöner Spätsommerabend dem Ende zu. Aber draussen trifft man sich nicht.

„Hey Pit, auch hier?"

Jolanda, die Klette, begrüsst mich mit einem alles versprechenden Augenaufschlag.

„Hallo Jolanda. Ja, ja. Wie geht's?"

„Hast du schon was zu trinken?"

„Nein ich muss erst noch Platz machen."

Ich wähle den Fluchtweg auf's Männerklo. Niemand da. Gerade kommen die ersten Tröpfchen, als sich die Tür öffnet. Sofort verengt sich meine Prostata. Ein Typ mit Handy am Ohr – Hallo? Spinnt der? – steuert direkt ins geschlossene Abteil, wo er gemütlich weiter telefoniert. Er spinnt definitiv. Meine

Prostata entspannt sich wieder und ich kann erleichtert abschütteln. Hände abspülen, ich verzichte auf die Seife, weil die meisten mit rechts wischen und die Seife zur rechten angebracht ist und mein Schwanz ist hier drin vermutlich etwas vom saubersten. Die Tür ganz oben mit einem Finger aufstossen und –

„Hey Pit, ich habe dir eine Caipirinha geholt. Ist doch in Ordnung oder?"

Die Klette hat mich voll abgepasst. Keine Chance, ihr zu entrinnen. Jolanda ist eigentlich ganz OK, wenn sie nicht so unsäglich dämlich wäre. „Bist du mit deinem Roller da Pit?"

Sie versucht wirklich nett zu sein, aber ihr Spatzenhirn reicht einfach nicht für mehr, als im Kaufhaus die Regale zu füllen. Das trifft sich gut, weil es auch tatsächlich ihr Job ist. Eigentlich tut sie mir leid.

„Oh danke Jolanda, sehr aufmerksam von dir."

„Magst du tanzen Pit?"

In jedem Satz wiederholt sie meinen Namen, wie ein Kind, das in jedem Satz Papi sagt.

„Nein Jolanda, mir ist heute nicht nach Tanzen. Da musst du dir einen anderen suchen." Ich merke, dass ich ihren Namen auch ständig wiederhole.

„Macht nichts Pit. Ich plaudere gerne mit dir."

OK, deutlicher will ich es ihr nicht sagen. An der Bar entdecke ich Jaqueline. So sinnlich wie ihr Name klingt, ist sie auch. Ich finde ihren Übernamen ‚Matratze' hat sie nicht verdient. Eher erarbeitet. Bei einem Date mit ihr muss man höllisch aufpassen, dass man auch derjenige ist, mit dem sie das Lokal verlässt. Ob ich versuchen soll, derjenige zu sein?

„Pit? Kannst du mich nach Hause fahren? Ich will ins Bett", schreit Klette und versucht die Musik zu übertönen. Was ihr um etwa zehn Dezibel gelingt, so dass das halbe Lokal mithören kann.

„Mit mir?"

„Weiss nicht Pit. Der Caipirinha hat mich ganz schön dudel gemacht." Mir reicht's auch für heute. Und Klette bring ich eh nicht mehr los. Also die Caipirinha in einem Zug runter und Jolanda schön saufen.

„OK, lass uns hier verschwinden."

Ich gehe zügig zum Ausgang. Braucht nicht gleich jeder zu sehen, dass ich mit Jolanda die Bar verlasse.

„Hi Pit, alter Junge, lange nicht gesehen!" Ich laufe geradewegs Eric in die Arme.

„Hey Eric!" Wir begrüssen uns mit einer brüderlichen Umarmung. „Hör mal, ich bin auf dem Sprung. Ich ruf dich an!", verabschiede ich mich sofort, bevor Jolanda aufholen kann. Jetzt bloss schnell raus hier.

Na toll. Draussen regnet es. Ich versuche vergeblich den Pfützen auszuweichen und das Wasser läuft mir schon in den Kragen. Der Sattel macht ein matschiges Geräusch, als ich mich auf die Maschine setze. Wo bleibt denn Klette? Da taucht sie in der Tür auf, sieht mich im Regen und zeigt mir, dass sie plötzlich doch noch bleiben will. Echt toll! Danke! Beim Fahren muss ich die Augen zukneifen, damit mir die Regentropfen nicht auf die Augäpfel knallen. Zum Glück hab ich nicht weit. Die Jeans kleben mir trotzdem an den Beinen und die Lederjacke braucht sicher zwei Tage, bis sie wieder trocken ist. Als ich absteige, fällt der letzte Tropfen des Platzregens. Mannh!

Das hatte ich mir echt anders vorgestellt.

In den trockenen Sachen, die noch keine Frau gesehen hat, genehmige ich mir noch einen Jack Daniels. Bei irgendeiner unsäglichen Late Night Show, in der sich die grössten Deppen der Welt zur Schau stellen, schlafe ich zwei Stunden später unbefriedigt ein.

Morgenstund hat Gold im Mund. Ich habe gerade frisch geduscht und in der Küche läuft ‚we will rock you' im Radio. Käffchen rein, Vollkornbrot mit Honig dazu – ab vierzig achtet man schliesslich auf die Gesundheit – und ich singe die letzte Strophe mit.

„Bumbumtscha bumbumtscha,
Buddy you're an old man poor man

Pleadin with your eyes gonna make you some peace some day
You got mud on your face
You big disgrace
Somebody better put you back in your place
Singin - Weee will wee will rock you!
Everybody now - Wee will we will rock you!"
Heute Morgen bin ich gut drauf.

In der Werkstatt müffelt es noch ein wenig. Ich sollte
dringend feststellen wo das Wasser eindringt und das Loch
zukleistern. Aber jetzt wo es nicht regnet, finde ich es eh nicht.
Tor auf, Luft rein, so muss es sein. Shit, meine Harley hat
draussen übernachtet und sieht mich traurig an. Der Sattel hat
sich schön vollgesogen. OK, abmontiert und auf die Spitze
gestellt läuft der Saft ziemlich schnell ab, während ich das
Chrom mit einem Lappen wieder zum Glänzen bringe. Die
Räder lasse ich schmutzig.

„Das schützt vor Rost", hatte mir schon mein Bruder als
Junge gesagt, als ich noch mein frisiertes Mofa jeweils Freitags
fürs Wochenende aufpolierte. Mein Handy klingelt. Diese
Düdelmelodien habe ich auf dem Sack. Was wollen diese
Flachzangen über sich aussagen, wenn der letzte Topten Hit aus
ihrem Handy düdelt? „Ich bin ja sooo hip!" Meins klingelt, wie
die Telefone in alten Hollywoodstreifen. „Drrringg." Das hat
Stil! Bis vor kurzem hatte ich sogar noch ein Nokia 8110.
Schön klein und in schwarz. Leider hatte es den letzten Sturz
nicht überlebt. Jämmerlich wie es da am Boden lag. In tausend
Stücken. Gut, ich hätte nicht so doll drauf treten sollen,
nachdem ich es auf den Boden geschmettert hatte. Aber
irgendwo musste der Ärger ja hin, als sich Ursula nach nur drei
Wochen per Telefon von mir getrennt hatte. Jetzt habe ich ein
Moto RAZR. Wieder schwarz und das beste Handy auf dem
Markt, ausser in Gold, wie das vom Bankerbrötchen, das letzte
Woche bei mir auf dem Platz war und sich die Nassau blaue
66er Corvette Sting Ray mit den Sidepipes angesehen hatte. So
ein Milchbart mit Krawatte - und Geld. Leider war der Wagen

noch nicht bereit, also musste ich ihn vertrösten. Mein Handy klingelt immer noch.

„Pitstop", melde ich mich.

„Hallo Herr Brad? Reimann, sie erinnern sich?" Das Bankerbrötchen mit dem goldenen Moto – Gott.

„Klar! Wie geht's, laufen die Geschäfte?"

„Sie sagen es! Mein Bonus will zu Ihnen. Ist die Corvette jetzt fahrbereit?" Dieses Fistelstimmchen macht mich fertig. Ich seh ihn mit seinem goldenen Moto vor mir, wie er säuselt ‚Ist die Corvette fahrbereit?' Mann! Das is'ne Sting Ray du Affenarsch.

„Sie wollen die Sting Ray kaufen?", erst mal abchecken, ob er bloss fahren will.

„Ja, ich habe den Bonus Ende Monat auf dem Konto. Wenn ich mal eine Runde drehen dürfte, könnte ich mich sofort entscheiden."

Also doch nur fahren. Aber die Sting Ray muss vor dem Winter weg, weil ich drinnen zu wenig Platz habe.

„Sicher, drehen wir ne Runde. Wann passt's denn?" ‚Wir' heisst, ich fahre.

„Gleich heute Nachmittag, ginge das?"

„Jou, so um drei bin ich da. OK?"

„Prima, da freue ich mich schon drauf." Ich wische den Schleim von meinem schwarzen Handy an der Hose ab. So, die Harley glänzt wieder. Rein mit Dir, Baby!

Ich rufe Lara an. „Hallo Lara, ich bin's Pit. Wie geht's?"

„Hallo Schätzchen, gut und ich hab Zeit für diich!" Ich wünschte sie würde mich nicht Schätzchen nennen. Sie weiss genau, dass ich Pit heisse und ein anständiger Kunde bin.

„Das kommt mir aber sehr gelegen. Wie wär's mit einem gemütlichen Mittagsfick?"

„Oh Darling, so schöön!", stöhnt Sie.

„Bitte nenn mich Pit."

„OK Darling. Wir sehen uns am Mittag, du Hengst."

Lara weiss genau was ich will, ausser das mit dem Namen. Das ist auch das Schöne. Keine Gefühlsdusselei, keine Diskussionen, keine Caipirinhas, nur geiler Sex. Shit, schon halb elf und ich muss die Sting Ray noch durchchecken. Es ist nicht gerade verkaufsfördernd, wenn das Ding nicht anspringt, oder absäuft. Batterie, Öl, Wasser gecheckt. Zündschlüssel rein und ,oioioi-vrummmmmhblublublublublu'. Es geht einfach nichts über den Klang eines sieben Liter Big Block mit Side Pipes. Beim ,vrummmm' hat es allerdings links und rechts schwarze Flecken auf den Boden geblasen, aber besser jetzt, als wenn es dem Bankerbrötchen seine Lackschuhe nachschwärzt. So, noch ein bisschen laufen lassen bis das Öl warm ist und der Wecker rund läuft. In der Zwischenzeit mit dem Lumpen noch den Staub von den Sitzen gewischt, etwas Duftspray, Geruchstyp Leder ins Wageninnere – darauf stehen Bankerbrötchen - und fertig. Halt. Preisstrategie noch festlegen. Mal sehen. Für 32'000 Dollar in Vegas bei Gary gekauft. Transport, Steuern und Gewinn dazu, macht Netto 54'000 Schweizer Franken. Für Bankerbrötchen fangen wir bei 72'000 an und gib sie dann weinend für 68'000. Garagennummer drauf und los geht's, Lara wartet nicht gern.

Auf dem Weg zu Lara ziehe ich mir noch etwas Gras rein, das senkt die Hemmschwelle und mein Hippocampus kann sich auf das Wesentliche beschränken.

„Hi Daarling.", haucht Lara, als sie mir die Tür öffnet. Ihre Wohnung ist geschmackvoll eingerichtet. Alte Churchillsessel, ein Kamin, dunkler Holzboden, grosses Bett und ein Flatscreen auf dem man einen Porno genau so gut geniessen kann wie ein Länderspiel. Ihr hauchdünnes rosa Chiffon Baby Doll lässt den Blick auf alles zu, was das Herz begehrt. Ihr dunkler Teint schimmert leicht. Sie riecht frisch geduscht und willig, aber sie hat ihr Höschen nicht an. Ich mag es für gewöhnlich, wenn sie noch einen Slip trägt. Sie fasst mir in den Schritt und drückt ihren wunderbaren Körper dicht an meinen.

„Oh, ist das deine Kanone, oder freust du dich, mich zu sehen?"

Sie kennt meine Vorliebe für Filmzitate. Ihr Kopf lehnt dabei an meine Brust. Unbemerkt hat ihre Hand den Weg in meine Hose gefunden. Sie drückt meinen Willy sanft, was dieser mit einer zusätzlichen Schwellung dankt. Ihre Hand greift tief unter mein Gesäss und schon spüre ich, wie ihre Lippen mich glücklich machen. Der Druck ihrer Hand von hinten wird stärker. Meine Erektion auch.

„Komm Baby, ich will dich von hinten."

„Oh ja!", stöhnt sie. Und wir stöhnen gemeinsam, als ich es erst langsam, dann immer schneller mache. Sie tut so, als ob sie nach neunzig Sekunden mit mir kommt. Sie ist ihren Preis wert. Nach zehn Minuten bin ich wieder draussen. Kein Wunder bekomme ich einen Spezialpreis.

Zurück zu Hause esse ich ein fertiges Heidi-Müsli und sehe mir die Zusammenfassung der gestrigen Spiele an. Zappe noch rauf und runter als jemand draussen hupt. Ich schaue auf den Vorplatz. Neben der Sting Ray steht ein alter Toyota Supra mit grossem Spoiler und obligaten dicken Auspuffattrappen. Was ist das wieder für eine Flachzange? Bankerbrötchen steigt aus.

„Gott, warum prüfst du mich?", sage ich mit einem Augenzwinkern zu ihm – zu Gott nicht zum Bankerbrötchen. Ich eile die Treppe runter. „Hallo. Herr Rr, Rei?"

„Reimann, Guten Tag Herr Brad. Das ist lustig."

„Was ist lustig?" Bitte nicht.

„Sie heissen Pit Brad. Wie Brad Pit!" Er hat es gesagt! Das kostet ihn mindestens einen Tausender.

„Ja." Ich bemühe mich zu grinsen.

„Und Pit Stop, ist auch ein treffender Name für ihre Garage." Ja Mann, jetzt reicht's.

„Und, ist ihr Bonus angekommen?"

„Nein, der kommt Ende Monat. Moment schnell bitte. Schätzchen, wartest Du hier bitte?" Ich glaub es nicht. In seinem Supra sitzt seine Kaugummi kauende Schnecke.

„Hmh", höre ich aus dem Supra.

„Also, können wir?"

„OK, ich hol nur schnell die Schlüssel und das Blech."

Blech wieder ran, Arsch auf den Fahrersitz geschwungen, aber Bankerbrötchen bleibt stehen. Rechte Scheibe runter:

„Is was?"

„Ja, ich dachte ich könne fahren."

„Ich zeige Ihnen erst mal worauf sie achten müssen, dann sehen wir weiter."

„Ach so. Fein."

Endlich, Bankerbrötchen sitzt, wo er hingehört. Auf dem Beifahrersitz. Gleiches Spiel wie vormittags. ‚OioiVRUMMMMblublublu'.

„Wooowh! Das ist ja ein Sound!", ruft Reimann entzückt. Mit einem Klack werfe ich den Ersten rein.

‚Vrummmblublublu'. Ich biege in die Hauptstrasse und wir fahren aus dem Dorf auf die langgezogenen Landstrassen. Ich ziehe einige schnelle Kurven, demonstriere einen Powerslide aus der Haarnadelkurve Richtung Kirchberg. Auf der nächsten übersichtlichen Gerade, das Öl ist jetzt warm, drücke ich im Zweiten voll durch. Dritter Gang, das Gaspedal am Boden beschleunigen wir auf den nächsten vierhundert Metern auf über hundertvierzig Sachen. Zwischengas ‚Vrummmm', zweiter Gang und mit Vollgas wieder raus aus der langen Kurve. Die Semmel neben mir grinst vor Glück. Das gibt einen guten Preis.

„Wow, das ist ja unglaublich wie der abgeht!", ruft er.

„Das ist eine Sting Ray. Also sie, wie sie abgeht." Wir zuckeln im Dritten über die Passhöhe.

„Darf ich jetzt mal?"

„Wie lange haben Sie denn ihren Führerschein?", frage ich genervt.

„Drei Jahre, ohne Unterbruch. Keine Angst, ich hatte noch nie einen Totalschaden."

Ist auch nicht nötig, denke ich. OK, ich muss sie loswerden, also halte ich auf dem Buswendeplatz an und steige aus. Die Lochgitter über den Sidepipes klacken vor Hitze und bringen die Luft zum flimmern.

„Aaah!", schreit es von der anderen Seite. Der Depp hat sich mit der Hand darauf abgestützt. Mit der rechten Hand wild fuchtelnd springt er zur Kuhtränke um sich die Hand darin zu kühlen. Ich kann mir das Lachen nicht verkneifen. Zu meinem Erstaunen lacht auch Reimann.

„Scheisse, hab mir voll die Pfote verbrannt!"

„Ja, mit den Sidepipes müssen Sie aufpassen. Die Lochgitter verhindern nur, dass die Haut nicht gleich kleben bleibt."

„Geht schon wieder." Wir steigen ein.

„Also, bevor wir losfahren, noch ein Paar Tipps. Die Schaltung hat einen etwas längeren Weg als ihr Toyota. Geht's mit der Hand?"

„Ja", sagt er, die Hand schüttelnd.

„Lassen sie die Kupplung erst gehen, wenn der Gang wirklich ganz drin ist. Überdrehen Sie den Motor nicht, das passiert schneller als sie denken."

„Gehen Sie's locker an, geben sie aus den Kurven auf keinen Fall zu früh Gas. Da is nix mit Traktionskontrolle! Kapiert?"

„Alles klar! Ehm, wo ist der Zündschlüssel?"

„Hier. Und kuppeln nicht vergessen."

„OiVRUMMMVRUMMMM."

„Sachte! Jetzt den Ersten rein und langsam kommen lassen."

Die Räder drehen kurz durch, bevor er die Kupplung wieder drückt.

„Noch Mal, mit etwas mehr Gefühl!"

Diesmal klappt's und wir fahren den Berg runter. Er streichelt das Gaspedal ganz manierlich. Aus der dritten Kurve beschleunigt er schon etwas frecher und drückt jetzt voll durch. Etwas gestresst wechselt er in den Dritten, die Haarnadelkurve fliegt uns entgegen und der Depp drückt nochmals voll runter.

„Breemsen Mann!" Er reisst das Steuer in Panik nach rechts. Die Bremswirkung ist kaum spürbar und schon rutschen wir quer über die Gegenfahrbahn. Der erste kleine Baum kracht weg. Sein grosser Bruder bleibt aber stoisch stehen, als wir frontal in ihn reinknallen.

Ruhe.

Immer noch Ruhe.

Blut läuft mir aus einer kleinen Platzwunde ins Gesicht.

„Nngh." Semmel gibt ein Lebenszeichen. Es hat ihm die Fresse voll aufs Lenkrad geknallt. Sieht nicht schön aus, die neue Zahnlücke hinter seinen aufgeplatzten Lippen. „Hmbrft."

„Ganz ruhig Mann. Ich rufe die Ambulanz. Alles wird gut." Verdammte Scheisse, dieser bekackte Blödarsch! Hoffentlich ist er gut versichert.

„Fhrpht", brabbelt es blutend aus seinem zahnlosen Mund.

„Ruhig Mann, die Ambulanz kommt gleich. Halt durch!"

Ich hätte nie gedacht dass ich das einmal sagen würde. Ich fühle mich wie Captain Willard im Dschungel von Vietnam. Nur das es hier nach Benzin und nicht nach Napalm riecht. Also eher nach Totalschaden, als nach Sieg.

„Hallo? Ja ein Unfall mit Verletzten. Zwei Verletzten ...,,

Nach zwanzig Minuten – zwanzig Minuten! – kommt endlich die Ambulanz. Ich fühle mich, als hätten wir alles nur gestellt. Völlig unreal, die Szene. Reimann versucht schon lange nicht mehr zu reden. Er hat die Augen geschlossen und atmet ruhig. Mein verblutetes Hemd hat sich schon braunrot verfärbt und die kleine Platzwunde am Kopf wird mir noch am Unfallort mit Pflaster zusammengeheftet.

„Wollen sie das nähen lassen?"

„Was passiert, wenn wir's nicht tun?"

„Gibt halt nicht so ne schöne Narbe", meint der Sani, der mein Sohn sein könnte. Ich will nur nach Hause und einen Jack gegen den brennenden Schmerz und das Brummen im Kopf.

„Nein lassen sie mal. Geht schon."

„Wie komme ich jetzt nach Hause?"

„Herr Kappel von der Kantonspolizei wird sie nach Hause fahren."

„Hallo Pit. Mann den Andern hat's ganz schön erwischt. Hast noch mal Schwein gehabt. Die Karre ist jedenfalls hin!" Mein alter Freund Eric, den ich gestern noch in der X-Bar getroffen hatte, ist auch da.

„Hallo Eric. Ja, schöne Scheisse. Erzähl Rob bitte nicht gleich davon. Ich werde es ihm schon selber sagen."

„Rob ist eh in den Ferien. Redet ihr nicht miteinander?"

„Nein, wir sehen uns nicht viel. Bring mich jetzt nach Hause." Wir fahren hinter der Ambulanz die Reimann transportiert ins Tal.

„Melde dich morgen auf dem Polizeiposten. Ich hab noch ein paar Fragen zum Unfallhergang."

„Klar, mach ich. Wie geht's Reimann?"

„Wem?"

„Na dem Andern." Ich zeige auf die Ambulanz.

„Ach der. Der wird's schon überleben. Kriegt wohl etwas früher seine Dritten als wir!"

„Ja, sieht so aus. Danke fürs nach Hause fahren. Bis Morgen dann."

„Tschüss - ruh dich etwas aus."

„Mach ich."

Der Toyota steht mit beschlagenen Scheiben auf dem Hof. Zwei Finger wischen ein kleines Sichtfenster in das Kondenswasser. Die Tür öffnet sich.

„Mein Gott! Was ist passiert? Wo ist Bernd?"

„Der Arsch hat meine Sting Ray an einen Baum gesetzt! Es geht im gut. Er ist im Krankenhaus, hat sich ein paar Zähne ausgeschlagen. Mehr weiss ich auch nicht."

„In welchem Krankenhaus liegt er?"

„Weiss nicht. Vermutlich in Wil, aber ich würde vorher mal anrufen."

„Mein Gott, sie sind ja voller Blut. Geht es ihnen gut?"

„Danke, ich will jetzt duschen. Also bis dann mal." Ohne zu fragen stützt sie mich, als ich leicht humpelnd zur Tür gehe. Ein leichter Windstoss schiebt ihr Parfum in meine Nase. Sie riecht gut. Ich bin müde.

„Also dann. Danke. Man sieht sich." Etwas Gescheiteres bringe ich nicht mehr raus.

„Sind sie alleine? Hilft ihnen jemand? Ich bin Krankenschwester." Eine vollbusige Krankenschwester mit zu kurzem Röckchen und Strapsen blitzt kurz in meinem Hirn auf, als ich die Tür öffne.

„Nein ich bin alleine. Wirklich, danke. Es geht schon. Kümmern sie sich um Klaus." Jetzt sehe ich sie zum ersten Mal richtig an. Typ Sandra Bullock. Ihre Augen machen den Eindruck, als ob Ihr Ur-Ur-Grossvater eine Indianerin zur Frau hatte.

„Bernd ist mein Bruder. Ich werde seine Freundin benachrichtigen, die soll sich um ihn kümmern. So und jetzt bringen wir sie erst mal ins Bett." Sie sieht meine verwunderten Augen und mein Grinsen.

„Nicht was sie denken. Los, rein mit ihnen." Sie nimmt mich am Arm und hilft mir die Treppe zu meiner Behausung über dem Pit Stop hoch. Zum Glück habe ich meine kleine Loft immer mit dem Hintergedanken an eine Frau eingerichtet. Das niedrige Ledersofa mit seiner tiefen Sitzfläche ist geschmackvoll mit grossen, orientalischen Kissen drapiert. Davor steht ein Salontisch, dessen Glasfläche mir ein Freund auf einer Laserschneidmaschine in der Form eines Teiches zugeschnitten hat. Drei massive Klötze aus knorrigem Eisenholz bilden die Füsse. Der lange, hölzerne Esstisch wird zur einen Seite von einer Bank ohne Rückenlehne und zur Wand hin von vier unterschiedlichen, alten Stühlen gesäumt. Eine Fruchtschale mit Äpfeln meines Nachbarn steht darauf. In der Wohnung rauche ich nicht, es riecht also angenehm neutral. Nur der Geruch des Estragon und Rosmarin, die ich auf der Fensterbank in der offenen Küche ziehe, liegt in der Luft.

„Hier wohnen Sie - alleine?" Sie versucht ihre Verwunderung kein bisschen zu kaschieren.

„Ehm, ja", ich zucke zusammen als ich meinen linken Fuss belaste und muss mich abstützen.

„Komm setz dich hin. Du musst aus den verdreckten Kleidern raus." Sie zieht mir die Schuhe aus, was die Luftqualität nicht gerade verbessert.

„Du hast dir den Knöchel verstaucht." Sie zieht mir die Socken auch noch aus. Peinliche Fusel kleben zwischen meinen Zehen.

„Komm eine Dusche wird dir gut tun." Und schon macht sie sich an meiner Gurtschnalle zu schaffen. Ich fasse instinktiv nach ihrer Hand.

„Lass nur, ich bin Krankenschwester und du bist nicht der erste Mann dem ich aus der Hose helfe."

Ich bin zu müde um mich zu wehren, oder auch nur ein Gedanken zu Ende zu denken. Erst als sie meine Brusthaare mit dem blutverklebten Hemd zu epilieren droht, stosse ich ein „Aaauh!" aus.

„Stell dich nicht so an. Los ab unter die Dusche." Ich humple wie ein geschlagener Hund unter die Dusche. Wenigstens die Unterhose hat sie mir noch gelassen. Das warme Wasser rinnt mir über mein Gesicht und ich lasse es noch lange in den verspannten Nacken rauschen. Das getrocknete Blut löst sich nach und nach auf und bildet ein rotes Rinnsal zu meinen Füssen. Die Seife tut den Rest. Der Dampf steht im Badezimmer wie ein schwüler Nebel im ruhigen Dschungel. Das Badetuch ist rau, wie ich es mag. Ob – wie heisst sie eigentlich? Was soll ich zu ihr sagen? Die Situation ist mit peinlich. Sie war wirklich nett und ich bin hundemüde. Ich wickle mir das Badetuch um die Hüfte, da ich keinen Bademantel habe. Bademäntel sehen affig aus. Adiletten kämen mir auch nie ins Haus. Barfuss trete ich wieder ins Wohnzimmer. Der Dampf folgt mir aus der Tür. Sie hat die Kerze auf dem Glastisch angezündet. Oh bitte, jetzt keine Nackedei mit sexuellen Anforderungen im Bett. Ein Zettel liegt bei der Kerze.

„Bin zu meinem Bruder. Ruf mal an. XXX Nathalie" - Nathalie, ihr Gesicht geht mir durch den Kopf. Makellose Haut und dunkle Augen. Waren sie braun? Eine unauffällige Nase und ein gewinnendes Lächeln von dunklen schulterlangen Harren umrahmt. Sie war jünger als ich. Vielleicht fünf Jahre? Ich schätzte sie auf etwa fünfunddreissig. Mir wird kalt, also werfe ich mich in meine bequeme Hauskluft und gönne mir noch einen Jack. Ich zappe den TV an und die Leinwand rollt sich langsam von der Decke. Der Beamer läuft noch an, als der Ton bereits die Nachrichten verkündet.

„Die Israelische Armee hat einen Vergeltungsschlag ..." Warum quälen mich die Nachrichten jeden Tag mit diesem Mist. Wen interessiert es, ob sich diese Glaubenskrieger die Köpfe wegschiessen? Aber wenn es um den amerikanischen Ölkrieg, oder deren Verbündeten, den Israelis geht, kommt es immer in die Nachrichten. Ich zappe einen Kanal weiter, der Beamer hat seine Arbeit aufgenommen. Saving Private Rian läuft auf SAT1. Der Guide informiert mich, dass der Film ab fünfzehn zugelassen ist. Ein guter Film, der die Grausamkeit des Krieges unverblümt und ohne den üblichen Ami-Epos zeigt. Aber Fünfzehnjährige können so etwas nicht verarbeiten. Sie finden es einfach nur cool, wenn das Blut spritzt. Ich muss an Reimann denken. Und an Nathalie.

Die ersten Sonnenstrahlen wecken mich sanft. Ich habe tief geschlafen. Stinkende Spucke klebt in meinem Mund. Ich schleiche zum Badezimmer.

„Aah", mein Knöchel ist wirklich verstaucht. Nathalie. Erst mal struhlen und Zähne putzen. Mist schon halb elf. So lange schlafe ich sonst nie. Auf dem Telefonbeantworter sind drei Nachrichten. Nathalie? Der Telefonapparat klingelt nur in der Garage, weil ich abends nicht von Kunden gestört werden will. Freunde erreichen mich übers Handy. 07:30 Uhr beep: „Hallo Pit. Bitte ruf mich auf dem Polizeiposten an." Ja Eric ich habe dich nicht vergessen. 07:45 Uhr beep: „Pit ich bin's noch mal, Eric. Ruf mich bitte an. Ehm, ja ruf einfach an." Gemach, gemach, der Morgen dauert noch bis Zwölf. Ich melde mich gleich. 08:12 Uhr beep: „Pit, komm bitte gleich auf dem Posten vorbei." Was ist los? Hat's Reimann nicht überlebt? So schlimm war der jetzt wirklich nicht dran. Ein Espresso muss noch sein. Einen Apfel nehme ich noch mit, als ich in die Garage runter humple. Der Sattel ist trocken und schnell montiert. Der Knöchel schmerzt, als ich die Harley anwerfe. Nach drei Minuten fahre ich vor den kleinen Polizeiposten, in dem Eric Dienststellenleiter ist.

„Hallo Eric. Da bin ich. Sorry habe verschlafen und deine Anrufe nicht gehört. Was eilt denn so? Hat's Reimann erwischt?"

„Nimm erst mal Platz. Wer ist Reimann?"

„Na der Typ von gestern."

„Nein dem geht's gut. Glaub ich. – Pit dein Bruder ist tot."

„Was?", die Worte sind noch nicht in meinem Hirn angekommen.

„*Rob ist tot,* Pit."

Jetzt ist die Nachricht in meinem Hirn angekommen. Mein Körper braucht noch zwei Sekunden, dann schnürt es mir die Luft ab. Ich wusste etwas war geschehen. Ohnmacht überkommt mich. Rob – mein Bruder. Ich spüre seinen massigen Körper, wenn er mich zur Begrüssung umarmt. Tot? Sein lautes Lachen, wenn er einen Witz erzählt hat. Ich sehe ihn vor mir, wie er stolz in seiner Polizeiuniform da steht. Rob ist tot! Das kann nicht sein.

Bilder von den unheilsamen Tauchferien vor fünf Jahren in Ägypten flimmern vor meinen Augen: „Rob, wo ist Elena?"

„Scheisse Pit, Elena hatte Probleme mit dem Lungenautomaten, sie ist in Panik geraten. Ich weiss nicht, wo sie ist!" schrie Rob voller Panik. Ich habe Elena nie wieder gesehen. Das Meer hat sie für immer verschluckt. Und jetzt ist Rob auch tot. Beide haben mich für immer verlassen.

„Es tut mir unendlich leid Pit", sagt Eric so ruhig er kann. „Dein Bruder ist offenbar in New York erschossen worden." Er legt mir ein in Englisch verfasstes eMail auf den Tisch. Ich sehe nur das typische, amerikanische Wappen der US Polizei.

„Was?", stammele ich.

„Rob ist bei einem Feuergefecht durch eine verirrte Kugel am Kopf getroffen worden. Er war sofort tot Pit."

„Was?", ich verstehe nichts. Gott warum ich? Erst nimmst Du mir meine Frau weg und jetzt meinen Bruder. Rob ist tot. Ich werde ihn nie wieder sehen. Mein Bruder! Womit habe ich das verdient? Warum? Mein Kopf brummt, ich kann keinen klaren Gedanken mehr fassen.

„Pit? Peter!"

„Hä?"

Ich sehe Eric nur verschwommen. Er reicht mir ein Glas Wasser.

„Wir haben Psychologen, soll ich?"

„Nein", ich kann kaum sprechen, es schnürt mir die Kehle zu „lass nur, geht schon."

Ich stehe auf und verlasse den Polizeiposten. Gedankenverloren laufe ich nach Hause. Ich werde dem Schwein seinen Schädel wegpusten. Dieses verdammte

Schwein hat meinen Bruder getötet. Zu Hause schütte ich mich voll, bis ich die Zeit vergesse. Alles vergesse.

Mein Handy klingelt. Eric ist dran.

„Eric?", melde ich mich.

„Hallo Pit, alles in Ordnung bei Dir? Ich versuche Dich schon den ganzen Morgen zu erreichen." Verdammt, die Schlaftabletten haben ihre Wirkung getan. Es ist elf Uhr.

„Ehm ja. Ich habe geschlafen.", sage ich entschuldigend.

„Gut, dann hast Du dich sicher etwas erholt. Ich kann Dir gar nicht sagen wie leid mir die Sache tut Pit. Ich habe noch eine Nachricht aus New York erhalten Pit. Sie wollen, dass jemand die Leiche identifiziert und den Papierkram erledigt. Das habe ich jedenfalls so verstanden. Etwas anderes als Englisch scheinen die ja nicht zu kennen. Kannst Du nochmals vorbeischauen. Ich frage dich nur ungern Pit. Ginge das?"

„Ehm ja sicher. Ich will mich nur schnell frisch machen. In einer halben Stunde bin ich da. OK?"

„Ist gut Pit. Pass auf dich auf."

Rob ist tot. Durch eine Kugel getötet. Das Meer hat meine Frau für immer verschluckt und dieser Scheisskerl hat mir den Rest meiner Familie weggenommen. Scheisse mein ganzes Leben geht den Bach runter. Dafür wird er büssen. Dafür wird er sterben! Jetzt verstehe ich Rambo, der Rache ausübt.

Die Dusche bringt mir keine Erfrischung. Der Klos in meinem Hals will sich nicht verabschieden. Was soll das Ganze denn noch? Ich fühle mich elend. Die Treppe runter gestolpert, raus an die Luft. Wo ist die Harley? Scheisse ich habe sie wohl beim Polizeiposten stehen lassen. Ich muss lachen, schallend lachen - und breche heulend zusammen.

„Pit. Pit!" Eric steht vor mir. Ich sehe ihn verschwommen.

„Mann, dich hat's aber ganz schön erwischt. Dein Nachbar hat uns angerufen. Komm wir gehen rein."

Meine Nase ist total verstopft und mein Gesicht von Rotz verschmiert. Pit bringt mich ins Badezimmer.

„Komm Pit, waschen wir erst mal dein Gesicht." Eric wischt mir das Gesicht sauber. Ich schnäuze meine Nase frei, so gut es geht. Wir setzen uns stumm an den Wohnzimmertisch.

„Danke Eric." Ich seufze wie ein kleines Kind und beginne wieder zu heulen und kann nicht mehr aufhören. Es zieht mich immer weiter runter. Runter ins rettende Dunkel.

Wo bin ich? Ich bin nicht zu Hause. Das ist nicht mein Bett. Weisse Laken, einen Schlauch im Arm. Die Tür öffnet sich. Nathalie kommt, in Weiss gekleidet, in den Raum.

„Guten Abend Pit. Gut geschlafen?"

„Was ist los, wo bin ich?"

„Du hattest einen Nervenzusammenbruch. Es ist alles gut. Du bist bei mir im Krankenhaus und hast dich etwas ausgeruht."

„Ich habe den ganzen Tag geschlafen?"

„Nein, du hast zwanzig Stunden geschlafen. Du wurdest gestern Mittag eingeliefert. Wir haben dir etwas gegeben, damit sich dein Körper erholen konnte. Wie fühlst du dich?"

„Besser – ausgeruht." Der Kloss im Hals ist weg.

„Du arbeitest hier?"

„Ja, meine Schicht hat gerade begonnen. Du solltest etwas essen." Sie greift zum Telefon an meinem Krankenbett und bestellt mir ein Abendessen.

„Dein Freund Eric hat mir erzählt, was passiert ist. Mein Beileid."

„Das kannst Du dir schenken. Das will ich nicht."

„Ich verstehe." Sie streicht mir übers Gesicht und verlässt den Raum. ‚Ich verstehe' was sollte dass denn heissen? Dumme Kuh.

Das Essen hat gut getan. Ich fühle mich besser und klar im Kopf. Ich muss meinen Bruder rächen. Dieser Gedanke gibt mir Lebensmut. Ich werde meinen Bruder rächen. Sagte Eric nicht ich müsse – meinen toten Bruder identifizieren? Ich werde ihn vor Gericht erschiessen, wie einen Hund. Nein, dann komme ich in ein US Gefängnis und werde gevögelt. Eine Bombe und gleich mit in den Tod gehen? Nein, zu viele unschuldige Tote. Ich bin nicht wie er und ich will leben!

Nathalie kommt wieder zur Tür herein. Ein sanftes, ehrliches Lächeln macht ihr Gesicht noch schöner.

„Hey. Was meintest du vorhin mit ‚Ich verstehe'?"

„Du sagtest, du willst das nicht. Damit hast du nicht mein Beileid gemeint, sondern was passiert ist."

Ich bin sprachlos. Sie hat mich vollkommen durchschaut. Sie hat recht. Ich war nicht böse auf sie, sondern auf das, was geschehen ist.

„Danke, dass du nochmals reinschaust Nathalie", sage ich entschuldigend.

„Oh du weisst meinen Namen noch? Dann geht es dir bestimmt schon viel besser", lockert sie die Stimmung auf.

„Ja ich fühle mich schon viel besser. Wann kann ich gehen?"

„Der Doktor kommt gleich zur Visite. Ich denke er wird dich gehen lassen, wenn du schön brav aufisst." Sie zeigt auf mein Dessert, das ich mir noch aufgespart hatte. Obwohl ich Nathalie nur flüchtig kenne, kommt es mir vor als ob wir uns schon immer gekannt hätten. Ich fühle mich bei ihr sicher. Der leitende Arzt betritt das Zimmer. ‚Die werden auch immer jünger' denke ich.

„So Herr –," er sieht auf das Krankenblatt und grinst. Bitte nicht.

„Brad Pit? Ist das wirklich ihr Name?"

„Nein umgekehrt. Pit für Peter und Brad als Nachname. Peter Brad."

„Ach so." Er merkt dass er nervt und kommt zum Thema.

„Nun wie geht es uns denn heute?" Dass diese Ärzte immer von ‚uns' reden. Ihm geht es ja offensichtlich bestens.

„Viel besser, danke. Ich möchte heute nach Hause gehen. Ich hab auch ganz brav aufgegessen." Er hebt seinen Blick befremdet vom Krankenblatt. Als er versteht, lächelt er.

„Gut ich sehe keinen Grund, sie länger hier zu behalten. In fünf Tagen können Sie die Fäden ziehen lassen. Wenn Sie wollen, kann ich ihnen noch etwas gegen Gemütsschwankungen verordnen."

„Nein Danke. Da bleibe ich lieber bei einem beruhigenden Joint. Ich pack es schon", sage ich grinsend.

„Gut, dann sind sie mit Verdacht entlassen."

„Wie meinen sie?"

Er hält sich Zeigefinger und Daumen an den Mund und macht ein saugendes Geräusch. Ha ha, sehr lustig. Er verlässt das Zimmer. Ich greife mir an die Stirn. Aha, die Platzwunde haben sie also doch noch schön vernäht. Nathalie hat mich beobachtet

„Das hab ich für dich entschieden. Hätte sonst eine hässliche Narbe gegeben."

„Danke, das ist sehr nett. Na dann werd ich mich mal umziehen."

„Ja, ich muss auch wieder an die Arbeit. Pass auf dich auf Pit!"

„Hey, wie geht's eigentlich deinem Bruder?"

„Vier Rippen gebrochen, Fraktur des Schlüsselbeins, fünf Zähne ausgeschlagen. Er wird's überleben."

„Oh je, das tut mir leid. Liegt er auch hier?"

„Ja, Zimmer 234, Ein Stockwerk tiefer. Also dann, tschüss Pit." Sie küsst mich zärtlich auf die Wange. Wie gut das tut. Der Kloss in meinem Hals meldet sich kurz.

„Tschüss Nathalie, man sieht sich." Ich ziehe mich um und mache mich auf den Weg. Zimmer 234. Ich trete ein. Auf dem Bett liegt Reimann. Sein Gesicht ist blaurot aufgedunsen. Mit dem Arm in der Schlinge und den geschwollenen Lippen sieht er jämmerlich aus.

„Hallo Reimann. Ich bin's, Pit dein Copilot." Reimann, der seinen Kopf nicht recht bewegen kann, versucht seinen Körper zu mir auszurichten und linst zu mir rüber.

„Ah Bithschtob." Er lässt sich wieder fallen, als ich näher zu ihm herantrete.

„Tuth mi echt leid, wegen deine Coveth." Er hat sichtlich Mühe mit dem Sprechen.

„Mann du siehst ziemlich zerknautscht aus. Solltest wieder mal zum Friseur." Er versucht zu lachen, aber muss nur husten und verzieht sein Gesicht vor Schmerzen.

„Ah, lachen gehth noch nich scho."

„Lass mal gut sein. Den Schaden wird die Versicherung übernehmen. Hauptsache sie kriegen dich wieder auf die Beine.

Hör mal ich muss weiter, ich schau dann mal ein anderes Mal rein, wenn du wieder lachen kannst."

„Ok, bisch schpäter Bith! Danke, dasch du mir nichd bösche bischth."

„Ach wo, ich habe jetzt andere Dinge im Kopf. Tut mir leid für deine Zähne. Ich bring dir dann Kukident mit." Wieder muss er lachen und er krümmt sich unter dem Stechen in seiner Brust. „Tschüss – wie heisst du eigentlich mit Vornamen?"

„Bhend." nuschelt er.

„Bernd? Ok tschüss Bernd. Bis bald." Er tut mir leid.

Es ist schon Abend. Eric werde ich morgen anrufen, wegen der Identifikation meines – Bruders. Der Kloss meldet sich wieder, aber ich kann ihn mit einem tiefen Atemzug zum Verschwinden bringen. So Pit, jetzt reiss dich zusammen. Ich nehme mir ein Taxi und bin froh wieder zu Hause anzukommen. Zum Glück hat mir Eric den Schlüssel eingesteckt. In der Wohnung riecht es etwas muffig. Ich reisse zwei Fenster auf und lasse frische Luft herein. Draussen geht die Sonne unter und ich höre eine Amsel ihr typisches Lied singen. Ich schliesse die Augen und ziehe die kühle Luft tief in meine Lungen. Der Geruch von feuchter Wiese erinnert mich an meine Kindheit, als Rob, Eric und ich um die Häuser zogen und uns mit imaginären Pistolen hundert mal erschossen. Armer Rob. Er hatte es nie leicht gehabt. Immer darauf bedacht als Hetero durchzugehen. Seine Berufswahl zum Polizisten hatte mich zuerst überrascht. Neben all den Machos mit Schnurrbärten wirkte er in seiner gepflegten Art manchmal wie von einem anderen Stern. Dank seiner Intelligenz und der Begabung Zusammenhänge zu erkennen, die anderen verborgen blieben, hatte er es bald in die Kriminalabteilung geschafft. Dort konnte er sich voll entfalten. Er war mir immer ein beschützender grosser Bruder gewesen und hat mich immer mitgenommen, wenn er etwas unternahm. Als jüngerer von zwei Jungs hatte ich es mit unseren Eltern immer einfacher gehabt. Ich durfte vieles früher, oder überhaupt, was Rob lange verwehrt blieb. So hatte er sich auch dafür eingesetzt, dass ich mit vierzehn Moped fahren durfte. Er fuhr damals sein erstes

Auto. Eine offene Corvette Jahrgang 1971. Zu der Zeit versuchte er auch noch bei Mädchen anzukommen. Später führ er einen 79er Volvo 262, der von Bertone gestylt war und verabredete sich mit Männern.

Ich werfe den PC an und gehe in die Küche um mir einen Espresso zu machen. Als ich am kleinen Bürotisch Platz nehme ist mein PC gerade soweit, dass ich mein Passwort eingeben kann. ‚rob61pit65' ich sollte das Passwort ändern. Oder doch nicht. Es soll als Hommage an Rob so bleiben. Mal sehen, in Google suche ich nach ‚weapons new york'. Die Treffer sind enttäuschend. An dritter bis zehnter Stelle kommen Themen zum Irak Krieg, oder ‚Conflict', wie es die Amis lieber nennen. Darin sind sie echt gut, die Amis. Goebbels hätte es nicht besser gekonnt. Schlimmes verniedlichen und Böses verherrlichen. Kernwaffe klingt doch auch viel niedlicher als Atombombe. Oder ‚chirurgischer Schlag' viel sauberer als ‚Schrapnellbombe zerfetzt zehn Kinder.' Der schönste Ausdruck ist aber definitiv ‚friendly fire' zu deutsch: freundlicher Beschuss. Wenn Bodentruppen von Streubomben der eigenen Luftwaffe in Stücke gerissen werden, dann nennen die Amis das friendly fire. Ich bin sicher, es gibt eine extra Abteilung für solche Wortschöpfungen. Am Ende wählt der Präsident den schönsten Ausdruck aus. „Was meinst Du Don, was klingt besser...?"

Ich versuche es mit ‚guns new york'. Ah schon besser. Die Polizei Site des Staates New York gibt klare und einfache Antworten. Ist ja auch für den Durchschnittsami gedacht. Aha, für Pistolen und Revolver braucht es eine Erwerbslizenz. Für Alte, von Hand zu ladende Revolver, ohne Patronen jedoch nicht. Prima! Die Waffe dürfte also kein Problem sein und weit schiessen will ich ja auch nicht. Aus fünf Metern Entfernung wird's ja wohl reichen. Noch schnell die eMail checken. Oh Mann, immer diese Spam! Aah, eine eMail von Nathalie? Betreff: ‚New York is awaiting you.' Woher weiss sie dass? Ob ihr Eric das verplappert hat?

Hä? Shit doch nur Spam. Eine vollbusige Nathalie will mit mir kostenlos in ihrem Chatroom plaudern. Scheisse, aber die Arbeit ist für heute getan, also gönn ich mir noch etwas Spass und ich klicke die Site der vollbusigen Nathalie an. Hm, scheint durch Werbung finanziert und meine Software verhindert, dass mir die Popups um die Ohren fliegen. OK, ich eröffne ein Konto. Meine eMail für's Passwort? Ich benutze mein Schrottmail auf Yahoo! Nickname: swisslady. Und schon bin ich drin. So, mal schauen welches Thema mich interessiert; Porn? Zu müde. Gay? Nein. Big Dick? Klingt nach Spass.

„Hi folks, I'm a newy ..." schreibe ich und schon habe ich drei Antworten. Kok schreibt: „Hallo swisslady haste Lust mir meinen grossen zu lutschen?" Texbull schreibt: „Howdy swisslady. lust auf einen texanischen bullen? Vögle alles was ein loch hat!"

Zuletzt antwortet Wipo: „Hi darling, Lust auf einen feuchten, Dreier?". Ich entscheide mich für Texbull, weil er einen etwas scheueren Eindruck macht und damit einfacher zu manipulieren ist.

„Hi Tex", beginne ich „bist du ein echter Texbulle?" Die Antwort lässt nicht lange auf sich warten.

„Yeah der grösste bulle im land! Ist swisslady eine sie oder ein er?"

„Was wäre dir den lieber Tex?"

„Is mir egal. swiss?"

„Ja alles echte Alpen!"

„Dacht ich mir, dein englisch klingt kontinental. Ich mag Berlin! Worauf hast du lust?" Ich giesse mir einen Jack ein und mach mir ein Sandwich.

„Hey swisslady, schon genug?", drängt Texbull.

„Nein Tex, hab mir nur ein Glas Milch und Schokolade geholt."

„Kleines unartiges Mädchen!" Aha, er hätte also gerne ein kleines Mädchen in der Leitung.

„Nicht schimpfen Tex. Du sollst mich doch beschützen!"

„Na klar. Tex beschützt alle. Nur die bösen Buben kriegen von Tex eins auf die Finger." Es fängt an Spass zu machen. Der Typ hält sich für King Kong. Ich spiele noch eine Weile seine kleine weisse Frau, dann wird es heftiger.

„Hey swisslady, schon mal einen bullen nackt gesehn?"

„Bei uns in der schweiz sind alle bullen nackt Tex. Tragen die bei euch etwa jeans?" Ich hänge das dümmliche Heidi raus.

„Ja baby, damit der schwanz nicht am boden schleift"

„Schleift deiner den jetzt am boden?"

„Nein er steigt gerade wie eine cruise missile in den himmel!"

„oh da werde ich ja ganz rot! Darf ich mal anfassen?"

„Sicher Baby, wenn du dich traust, darfst du auch mal blasen!"

„Hmmmm jummm! Das ist guuuut!"

Ich nehme einen Bissen von meinem Sandwich.

„Mach weiter, ich bin heiss. Sag was schmutziges!"

Der Blödmann wird gleich kommen, jetzt ist Zeit für meinen Spass; „Oh nein Man, jetzt macht er aber Schlapp. Das ist ja nur noch schlaff. Du Schlaffi!"

Hoffentlich hat es ihm jetzt abgestellt. Keine Antwort. Doch.

„Sorry Baby, bin schon gekommen. Treffen wir uns morgen wieder?"

Shit, dass der texanische Bulle an vorzeitiger Ejakulation leidet, hatte er nicht erwähnt. Schade, das nächste Mal spring ich früher ab. Es ist schon nach zwölf und ich bin hundemüde. Noch eben aufräumen und ab in die Heia.

Ein wunderschöner Frühlingstag. Noch etwas frisch, aber die Sonne wird's gleich richten. Ich stelle mir vor, wie Nathalie sich an mich klammert und wir gemeinsam in die Kurven liegen. Ups, nicht träumen, da ist ja schon der Polizeiposten. Ich stelle meine Maschine vor der Tür ab.

„Hallo, ist Eric da?"

„Nein, der hat heute morgen eine Schulung. Er sollte am Nachmittag wieder da sein." Hm, das war nicht geplant. Ob ich Nathalie im Krankenhaus besuchen soll? Komm, das Leben ist kurz. Meine Harley trägt mich über Land, langgezogene Kurven, aus denen sich wunderschön herausbeschleunigen lässt. Kein Verkehr, nur ich auf meiner Harley, die Natur und die Sonne. Ich summe ‚what a wonderful world' von Louis Armstrong. Gegen Mittag bin ich auf dem Grimselpass, mitten in den Alpen auf 2165 Metern über Meer und geniesse eine grosse Vesperplatte auf der Terrasse mit Blick auf den Stausee. Die Sonne spiegelt in abertausendenden, glitzernden Diamanten auf der Oberfläche. Das Klingeln meines Handys reisst mich jäh in die Welt zurück. Ich muss diesen Hollywoodklingelton ersetzen!

„Brad", melde ich mich.

„Hallo Pit, du hast mich heute morgen gesucht. Wo steckst du?"

„Auf dem Grimselpass!"

Ich atme die reine Bergluft tief durch die Nase ein.

„Du machst mir vielleicht Spass. Ach was, du hast recht. Geniesse den Tag. Lass von dir hören, wenn du wieder unten bist."

„Sicher Eric, ich habe dich nicht vergessen. Ich bin gegen vier zurück."

„Ok, bis dann. Tschö."

„Tschüss Eric". In diesem Moment stellt die Serviertochter draussen die Volksmusik ein, was mich zum Aufbrechen drängt. Beim Zahlen fragt sie noch, ob sie die Musik leiser stellen soll.

„Wenn sie die Musik stört, würde ich sie leiser drehen", sage ich mit einem Grinsen und schwinge mich auf die Harley, die Passstrasse runter ins Tal. Für den Rückweg nehme ich die Autobahn. Das ist zwar stressig, aber zügig und ich will ja noch mit Eric reden.

Eric steht vor dem Polizeiposten und verabschiedet sich von einer alten Dame.

„Hoho, hast du dir eine neue Flamme angelacht?", begrüsse ich ihn.

„Hallo Pit. Du bist doch nur neidisch!. Wollen wir reingehen?" Drinnen ist es düster, die kleinen Fenster lassen wenig Licht herein. Es riecht nach dem trockenen Holz des staubigen Bodens.

„Setz dich Pit." Eric bietet mir den einen von zwei einfachen Holzstühlen an. Zusammen mit dem billigen Tisch ist das Besprechungszimmer 1 damit beinahe gefüllt. Ein

Besprechungszimmer 2 gibt es nicht. ‚Amtliche Genauigkeit'
denke ich.

„So Pit, es scheint dir ja schon viel besser zu gehen. Ich bin
ganz schön erschrocken wie tief es dich getroffen hatte, aber du
warst derart am Heulen und kaum mehr ansprechbar, dass ich
dich ins Krankenhaus eingeliefert habe. Dieser Reimann liegt
übrigens auch dort."

„Ich weiss. Ich habe ihn besucht, na ja Stippvisite trifft es
wohl eher. Also kommen wir zur Sache. Hast du News aus New
York?"

„Also Pit, es ist so, dass die Reise vom Police Department
bezahlt ist. Auch die Unterkunft für eine Nacht wird
übernommen. Einzige Bedingung ist, dass du in den nächsten
30 Tagen, also mittlerweile 27 Tagen anreist. Du kannst den
Termin selber festlegen. Das müssen wir hier auf diesem
Formular ausfüllen. Anschliessend solltest du Rob überführen
können."

„Scheisse, daran habe ich gar noch nicht gedacht. Ich muss ja
noch die Beerdigung organisieren und seine Wohnung. Wer
kümmert sich darum?"

„Also Pit, ich habe mir da auch schon Gedanken gemacht.
Wenn es dir recht ist, würde ich mich darum kümmern."

„Mann Eric, dass wäre wirklich – das würde mir sehr helfen.
Meinst du das ernst?"

„Sicher Pit, ich mache das gerne. Also schauen wir mal
wegen den Daten." Er kramt seinen Kalender hervor und wir
einigen uns darauf, dass ich nächsten Dienstag fliege, am
Mittwoch Rob identifiziere und am Donnerstag mit ihm zurück
fliege. Die Beerdigung soll dann am Montag stattfinden. Er
kümmert sich hier um alles. Sogar die Todesanzeige wird er
aufgeben.

„Was soll ich sagen Eric. Wenn ich dich nicht hätte!"

„Lass mal gut sein Pit. Dazu sind Freunde doch da." Das sagt
er nicht einfach nur so. Rob und ich kennen Eric schon seit
immer. Eigentlich waren wir immer schon drei Brüder. Obwohl
ich seit Jahren nur einen lockeren Kontakt zu beiden hatte, war
das Band der Freundschaft immer da.

Morgen fliege ich mit American Airlines um 10'05 Uhr ab Zürich direkt zum JFK New York. Ich wäre lieber mit einer nichtamerikanischen Gesellschaft geflogen – wegen der Sicherheit. Das heisst ich muss um halb neun einchecken, also kurz vor acht abrauschen. Also packen. Ich bin schon eine Weile nicht mehr geflogen. Alleine macht das wenig Spass. Wie gerne hätte ich Nathalie dabei gehabt. Zahnbürste, Rasierzeug, Deo, Aspirin, Duschgel, Socken, Unterwäsche, Schuhe? Nein, ich werde leichte Turnschuhe tragen, und sonst gibt es im Big Apple ja sicher Schuhe zu kaufen. So das passt ja alles bestens in den alten Schweizer Militärrucksack, den ich sonst auf meinen Bikerausflügen dabei habe.

Der Gedanke, dass ich Rob tot sehen werde, lässt mich kraftlos werden. Ich fühle mich unruhig und brauche etwas Zerstreuung. Ich wecke den alten Flipperkasten, den ich letzten Winter wieder auf Vordermann gebracht hatte. ,Look Darling, we have guests' begrüsst mich Raoul Gomez von der Addams Family, als ich die erste Runde beginne. Ballabgabe, vorsichtig – Mist die Kugel geht zu weit, rein in den Friedhof. Aachtung - und Peng, rein in den elektrischen Stuhl. Das erste Thema beginnt. ,the Mamuschka', peng über die Treppe, zurück auf meinen rechten Flipper, peng rein in den Stuhl, das zweite Thema läuft parallel. ,Hit Cousin It!' Doch dann versenkt sich die Kugel selber. Ich breche die Runde ab und starte einen neuen Versuch. Kostet ja nichts. Zehn Runden später habe ich zwei Freispiele geholt und bin ziemlich aufgekratzt. Ich entscheide mich für eine Schlaftablette, die mit Jack den Weg in meinen Magen findet. Den Wecker noch sicher auf die richtige Zeit gestellt und gute Nacht. Morgen werde ich in New York sein. Lange her, seit dem letzten Mal. Ich war mit Elena in New York, ein Jahr vor 9/11. Das World Trade Center hatten wir aber ausgelassen. Wir sind nur unten an den Türmen vorbei geschlendert. Jetzt sind alle von mir gegangen. Zuerst Elena, dann die Türme und jetzt Rob. Bei ,New York, New York' von Frank Sinatra bleiben meine Gedanken stehen und ich falle in einen traumlosen Schlaf.

Klick, ‚Der US Präsident hält an seiner Strategie im Irak fest und fordert die Allianz im Kampf gegen die Achse des Bösen zur Unterstützung gegen den Terrorismus der Al Qaida auf' weckt mich mein Radio mit den Morgennachrichten. Hakennase hat gesprochen und der Bullshit wird auf allen Kanälen gesendet. Die Propaganda scheint zu wirken. Man wiederholt einfach Lügen, bis sie wahr werden. Das wussten schon die Nazis vorzüglich umzusetzen. Mann, diese Nachrichten können einem den Start in den Tag wirklich schwer machen. Die freie Welt folgt ihrem Führer und verschleppt wen sie will, ohne Anklage und ohne Rechtsbeistand. In Guantànamo werden Menschen gefoltert und so lange festgehalten, wie es dem Führer gefällt. Das ganze ist nach Amerikanischem Recht sogar ganz legal. Na guten Morgen! Das Frühstück will mir nicht so recht schmecken, ich bin nervös. Mir ist leicht übel.

Zwanzig Minuten nach dem mich George W. geweckt hat sitze ich auf meiner Harley und kurz darauf auf der überfüllten Autobahn. Zwei Stinkefinger und eine Vollbremsung später bin ich am Flughafen. Ich stelle meine Maschine auf einen kostenlosen Parkplatz.

Als Kinder hatten wir mit unseren Eltern manchmal einen Ausflug hierher gemacht. Seither hat sich einiges verändert und ich habe Mühe, den Weg zum Check In zu finden. Zum Glück habe ich kein Gepäck, also gehe ich gleich durch die Passkontrolle. Jetzt genehmige ich mir erst mal einen anständigen Espresso und ein frisches Croissant. Ich kaufe mir eine Autozeitschrift und suche mir eine ruhige Ecke. Eine gute Stunde vergeht, bis ich an Bord der Boing 767-300 gehen kann. Beim Metalldetektor lege ich mein Handgepäck in die Plastikwanne auf der sie durch das Röntgengerät rollt. Es piept nicht, als ich durchgehe.

„Bitte treten sie hier zur Seite.“ Der Typ fängt an mich abzufummeln. Das kommt davon wenn man keine Krawatte trägt. Mein Rucksack hat es inzwischen auch geschafft.

„Würden Sie bitte den Inhalt auspacken?“ Man das nervt! Pulli, Hose, T-Shirts, Socken, Unterwäsche, alles wird mit

Gummihandschuhen angefasst und abgetastet. Gleich kriege ich eine Krise! Deo, Zahnpasta, Duschgel.

„Das dürfen Sie leider nicht mit an Bord nehmen. Es sind höchstens fünfzig Milliliter erlaubt." Jetzt reicht's.

„Damit kann ich ja nicht mal meinen Pimmel waschen", sage ich im gleich freundlichen Ton wie die Dame, die meine Unterwäsche nach ner Uzi durchsucht hat.

„Wenn Sie keinen kleineren Behälter haben, müssen sie es leider hier lassen." Kein Humor die vertrocknete Nuss.

„Na dann viel Spass beim Duschen!", sage ich und packe meine Unterhosen wieder ein.

Ich habe Sitz Nummer 19d. Spitze! Ich sitze wie ein Sandwich zwischen Sitz c und Sitz e. Sitz c ist ein Backpacker, dessen Freundin irgendwo anders sitzt. Seine Laune ist entsprechend. Sitz ‚e' ist ein junger, gepflegter Ami. Das weiss ich, weil er mich mit nasalem Südstaatenenglisch begrüsst hat.

„Hy".

„Hallo", antworte ich und steige über seine Beine auf meinen Sitzplatz in's gelobte Land der Freien. Die Türen werden geschlossen und die Klimaanlage läuft an. Den Bildschirm für den Bordfilm habe ich wenigstens gerade vor mir. Zwei *Sitzreihen* vor mir. Die Flugbegleiter zählen uns durch. Was ich nicht ganz verstehe, da die Dose ja voll ist. Wissen die Würstchen denn nicht wie viele Sardellen hier Platz haben? Und jetzt passiert es zum ersten Mal. Ich schaue auf die Uhr.

Als ich zum dreizehnten Mal auf die Uhr schaue ist eine dreiviertel Stunde rum. Wir sollten seit dreissig Minuten in der Luft sein. Weder die Crew noch der Kapitän haben uns bisher informiert weshalb nicht.

„Krtsch, liebe Fluggäste hier spricht ihr Kapitän. Wir haben gerade die Freigabe zum Rollen erhalten und erwarten den Start in etwa zehn Minuten." Zehn Minuten später setzt sich die Büchse in Bewegung. Wir rollen über die Piste.

„Krtsch, liebe Fluggäste hier spricht ihr Kapitän", ach nein „wir bitten Sie die Verspätung zu entschuldigen. Das Gepäck musste nochmals durchgezählt werden. Wir starten in wenigen Minuten. Über dem Atlantik herrschen gute Winde. Wir hoffen, die Verspätung wieder aufholen zu können. Danke für ihr Verständnis." Der schwule Flugbegleiter – alle Flugbegleiter sind schwul – macht uns den Ententanz mit der Schwimmweste. Nur die wenigen Kinder an Bord sehen zu, den Rest interessiert es nicht. Ich habe auch noch nie etwas von einer erfolgreichen Notwasserung gehört. Bisher habe ich nur Bilder von Bergungsschiffen gesehen, die tausend Wrackteile und Kinderschuhe aus dem Wasser fischen, aber nie Bilder einer Notrutsche mit Passagieren drauf, die ihre Schwimmwesten durch den Mundschlauch aufblasen. Endlich stehen wir am Anfang der Runway. Die Triebwerke heulen auf, die Dose wird immer schneller und schneller. Verdammt, heben wir bald ab, oder *fahren* wir nach Amerika? Jetzt steigen wir dafür so steil auf, dass sich mir fast der Magen dreht.

„Keep cool Pal", sagt Sitz e zu mir. Ich antworte nicht. Der Schweiss steht mir auf der Stirn. Erst als das Anschnallzeichen erlischt, lasse ich die Armstützen vorsichtig los.

„Keine Panik, wird schon schief gehen. Ich bin George. Ihr erstes Mal?", aha, Sitz e heisst George.

„Nein, ich mag fliegen nicht." Im Stress ist mein englischer Hirnteil noch nicht ganz betriebsbereit.

„My name is Pit.", ich schüttle ihm seine Hand, die er mir entgegenhält.

„Ich weiss", sagt er.

„Hm, wie kommt es, dass sie meinen Namen wissen?"

„Sie haben ihn mir gerade gesagt", grinst er. Witzbold!

„Wohin geht die Reise?", will er wissen.

„Nach New York."

„Geschäftlich oder Ferien?"

„Privat, ich hole meinen Bruder ab."

„Ihr Bruder ist noch minderjährig?" Wenn der Jankee noch lange fragt, springe ich aus dem Fenster.

„Nein, er ist tot. Bei einer Schiesserei aus Versehen erschossen. Ich muss ihn morgen identifizieren."

„Oh, das tut mir sehr leid. Bitte entschuldigen sie mein Missverständnis." Wenigstens ist er höfflich.

„Und wohin reisen Sie?", frage *ich* zu Abwechslung.

„Zurück nach Hause. Ich lebe in Brooklyn. Kennen sie Brooklyn?" Scheisse, schon wieder fragt er und nicht ich.

„Ja, Brooklyn ist ein Stadtteil von New York, östlich von Long Island, womit es mit der bekannten Brooklyn Bridge verbunden ist. Brooklyn hat über zwei Millionen Einwohner und wurde im siebzehnten Jahrhundert als Breukelen nach der niederländischen Heimatstadt seiner Gründer benannt."

„Wow, sie kennen sich aber aus. ,Brewkeleen' sagen sie? Das habe nicht einmal ich gewusst. Woher wissen sie das alles?"

„Ich habe in der Schule aufgepasst", sage ich stolz. Dass ich letzte Woche eine Dokumentation über New York am TV gesehen habe braucht er ja nicht zu wissen.

„Bitte entschuldigen Sie mich. Ich möchte mich etwas entspannen."

„Sicher", sagt er und hält tatsächlich die Klappe.

Nach dem Mittagessen, welches wohl schon den langen Weg vom JFK hinter sich hatte, quatsche ich noch etwas mit Sitz e – ich kann mir Namen schlecht merken.

„Wie war noch gleich ihr Name?"

„George, wie George W. Bush."

„Ja so kann man sich's merken. Ich heisse mit Nachnamen Brad. Sie verstehen Pit Brad, wie Brad Pit?" Ich kann nicht glauben, dass ich das eben selber gesagt habe.

„Das werde ich meiner Frau erzählen, dass ich mit Brad Pit geflogen bin. Das wird sie mächtig beeindrucken."

„Eigentlich heisse ich Peter, aber bei uns ist es üblich Namen zu kürzen, das ist irgendwie cooler. Oh, sorry, jetzt ist mir mein Löffel zu Boden gefallen." George bückt sich, um mir den Löffel aufzuheben. In diesem Augenblick sehe ich für einen Bruchteil einer Sekunde den Knauf einer Pistole unter seiner Sportjacke. Mann, der Irre hat eine Knarre! Gleich wird er die Maschine entführen und uns alle töten. Gaaanz ruhig Pit. Nur nichts anmerken lassen. Ganz cool bleiben man.

„Ich muss mal auf die Toilette, darf ich?" George steht auf und lässt mich durch. Tschüss du Irrer, an den Platz komme ich ganz bestimmt nicht zurück! Scheisse, was mach ich jetzt bloss? Irgendwie muss ich die Flugbegleiter unauffällig informieren. Ich gehe nach hinten, damit mich Killer-George nicht sieht. In der Galley steht eine junge Flugbegleiterin.

„Miss? Hören sie Miss", beginne ich hektisch.

„Hier dürfen sie nicht durch, Sir. Bitte bleiben sie im Gang."

„Aber Miss, ich muss ihnen etwas extrem Wichtiges sagen. So hören sie mir doch zu!" Sie wendet sich der Kaffeemaschine der ersten Klasse zu und ich greife sie an Schulter.

„Hey sachte", sagt eine Stimme hinter mir. Es ist der Killer-George!

„Achtung, er hat eine Waffe!" rufe ich in Panik auf deutsch und zeige in der engen Galley auf seine Brusttasche. Meine Hand berührt Killer-George leicht. Er macht einen Schritt zurück und zieht die Kanone. Bevor ich weiss was geschieht, drückt er ab. Mein Körper bäumt sich auf, verkrampft sich und ich falle zu Boden wie ein Sack. So muss sich also Rob gefühlt haben als er erschossen wurde.

„Auf den Bauch, auf den Bauch, Hände auf den Rücken!" Ich werde unsanft auf den Bauch gedreht und der Drecksack kniet mir ins Kreuz, das es kracht. Mit dem Gesicht auf dem Boden spüre ich wie mir George die Hände zusammenbindet. Ich höre den typischen Klang eines sich schliessenden Kabelbinders. Warum bin ich nicht tot? Jetzt sehe ich, dass ein Draht unter meinem Bauch hervor kommt und zur Waffe von George führt. Ein Elektroschocker! Nur ein Elektroschocker. Ich lebe! Gott sei Dank!

„Informieren sie den Captain. Er soll der Flughafenpolizei einen 243 melden." Jetzt schnalle ich, dass George der bewaffnete Polizist in Zivil ist, der Notfällen eingreifen kann.

„George, ich bin's Pit."

„Halts Maul!" Unter dem neuerlichen Stromstoss will sich mein Körper krümmen. Der enge Kabelbinder verhindert das, indem er sich tief in meine Armgelenke schneidet. Der Befehl war unmissverständlich. Die restlichen vier Stunden bis zum JFK verbringe ich gefesselt auf der Bordtoilette, während die anderen Passagiere sich den Bordfilm ansehen und Kaffee mit Kuchen geniessen. Übrigens hat es auf der Bordtoilette vierundsechzig Nieten. Ich weiss es genau. Ich habe sie sicher hundert mal gezählt bis wir gelandet sind.

New York

Nach der Landung darf ich als Erster aus dem Flugzeug! Sicher acht Cops helfen mir dabei. Dass sie mir noch einen schwarzen Sack über den Kopf ziehen fehlt noch. Meine Knochen schmerzen fürchterlich, als mir endlich der Kabelbinder entfernt wird. Meine Handgelenke zeigen einen Farbverlauf von beige über violett bis rot. Ich sitze in einem Verhörzimmer. Mann, wie im Film. Mit Spiegel! Ich gehe zum Spiegel und kann mir nicht verkneifen Grimassen zu schneiden. Die Tür geht auf. Ein untersetzter schwarzer Polizist tritt ein. Typische Fast Food Figur. Sein Kopf mit dem dicken Hals sieht aus, als hätte ihm ein Elefant auf die Schultern geschissen.

„Setzen sie sich bitte." Aha, Schwabbelbacke ist freundlicher.

„Dieses Gespräch wird aufgenommen. Ist das Ihr Gepäck?" Er wirft meinen Rucksack auf den Metalltisch.

„Ja. Hören Sie, das Ganze ist ein dummes Missverständnis.."

„Missverständnis? Sie haben einen Agenten der Flugsicherheit tätlich angegriffen! Wie ist ihr Name?"

„Pit – Peter Brad. Sie meinen George? Ich habe ihn nicht einmal angefasst! Das ganze ist ein Missverständnis. Ich bin hier um .."

„Bitte beantworten sie nur meine Fragen. Was wollen sie in New York?" Mann, du dämlicher Arsch! Das wollte ich doch gerade sagen!

„Ich will einen Anwalt!"

„Sie brauchen keinen Anwalt. Sie sind nur hier, um ein paar Fragen zu beantworten."

„Und wenn ich keine Antworten mehr gebe?", frage ich trotzig.

„Dann muss ich sie festnehmen." Scheisse ich will hier raus. Also ruhig Blut jetzt Pit. Reiss dich zusammen.

„OK. Ich bin hier um meinen Bruder abzuholen. Er ...,,

„Ist er Minderjährig?" Verdammte Kacke, der Nigger ist dümmer als Scheisse! Hör doch mal zu, du Hirnakrobat!

„Er ist letzten Mittwoch bei einer Schiesserei in New York ums Leben gekommen. Er war total unbeteiligt. Eine verirrte Kugel hat ihn getroffen. Sehen Sie." Ich öffne langsam mit der linken meine Jacke und greife vorsichtig in die Innentasche. Mann weiss ja nie, vielleicht ist das auch so ein Paranoiker, der gleich meint, ich ziehe eine Knarre.

„Sehen sie, das ist die Vorladung des NYPD." Er nimmt den Wisch, schaut kurz drauf und verlässt wortlos den Raum. Mann, geh nach Hause und fick dich selber, aber lass mich bloss in Ruhe! Ich habe einen Scheisshunger. Mein Blutzucker ist echt im Keller und getrunken habe ich auch schon fünf Stunden nicht mehr.

„Hallo? Hört mich jemand? Eine Coke und ein Big Mac wär'n nicht schlecht! Hört ihr mich?" Nichts geschieht. Scheisse zu Hause ist es jetzt schon mitten in der Nacht. Ich bin hundemüde. Ich setzte mich wieder hin.

„Mister Brad? Mister Brad, wachen Sie auf!" Benommen lehne ich mich auf dem kalten Stuhl zurück. Ich brauche einen Moment um die Orientierung wieder zu finden. Ein weisser Mann mit weissem Hemd steht vor mir. Neben ihm steht Schwabbelbacke.

„Mister Brad, bitte entschuldigen sie das Missverständnis. Unser Agent im Flugzeug hielt sie für einen Randalierer. Sie wissen ja, wie schnell so etwas passieren kann und die Sicherheit unserer Passagiere geht nun mal vor. Police Officer Jamie wird sie in ihr Hotel fahren. In welchem Hotel übernachten Sie?"

„Keine Ahnung. Die Unterlagen sind in meinem Rucksack." Ich greife nach meinem Rucksack und suche die Unterlagen des Hotels. Meine Sachen sind nochmals gründlicht durchwühlt und achtlos in den Rucksack gestopft worden. Herzlichen dank ihr Pissnelken!

„Hier – das Bedford Inn. 270 West, Ecke fünfundvierzigste."

„Ja das kenne ich", sagt Officer Schwabbelbacke.

„Bitte kommen sie mit mir."

„Auf Wiedersehen Mister Brad. Und einen angenehmen Aufenthalt noch." Ich glaub ich spinne. Das Weissbrot hat sie wohl nicht alle. Schwabbelbacke bringt mich zu seinem Dienstwagen. Er öffnet mit die Hintertür.

„Passen sie auf ihren Kopf auf." Er klemmt sich ächzend hinter sein Lenkrad und wir fahren Richtung Long Island.

Ein Gitter trennt uns. Ich komme mir vor wie ein Strassenganove. Ich habe keine Kraft mehr, die Wolkenkratzer der New Yorker Skyline zu bestaunen. Es dauert nicht lange und die Augen fallen mir zu.

Am Eingang des Bedford Inn prangen zwei grosse Sterne. Ich hoffe, es ist nicht die Hotelkategorie, denn das NYPD hat es für mich reserviert. Sie bezahlen ja auch eine Übernachtung.

Im Zimmer hat mein Rucksack neben dem Bett und dem Stuhl gerade noch Platz auf dem Boden. Die Klimaanlage scheppert. Das ist das Letzte, was ich noch bewusst wahrnehme. Die Zahnpasta haben sie mir auch ausgedrückt, also spüle ich den Mund mit einem Jack aus der Minibar, schmeiss meine Kleider auf den Stuhl und schlüpfe unter die Decke. Ein tiefer Schlaf übermannt mich augenblicklich.

Das Sirengeheul einer Polizeistreife weckt mich unsanft. Mein Bauch fühlt sich an, als ob ich gerade drei Wochen Ferien in der Sahelzone gemacht hätte. Meine Zunge klebt trocken im Mund und jede einzelne Faser in meinem Körper meldet sich einzeln als ich mich aufsetze. Verdammte Kacke, das ist also New York. Ich habe nicht lange geschlafen. Die Zeitverschiebung macht sich bemerkbar. Es ist sechs Uhr Ortszeit, aber mein innerer Wecker sagt es ist Zeit zum Aufstehen. Den Rasierschaum haben sie mir zur Sicherheit schon in Zürich abgenommen. Dass die Sicherheitsfuzis noch nicht darauf gekommen sind, dass Selbstmordattentäter den Sprengstoff in Kondomen schlucken könnten! Ich stelle mir vor wie wir künftig alle vor dem Flug kotzen müssen und hinter dem Vorhang bei jedem eine Darmspülung durchgeführt wird. Tja, die Sicherheit unserer Passagiere hat eben Vorrang! Ich muss lachen. Ich putze mir die Zähne mit New Yorker Leitungswasser, das schmeckt als ob es direkt aus dem Hudson River kommt. Anstelle von Rasierschaum versuche ich es mit Seife. Mein Gesicht fühlt sich anschliessend an wie die

Serengeti in der Trockenzeit. Die Zerknüllten Kleider machen aus mir auch nicht gerade einen Beau. Hätte ich mich nicht rasiert, würden sie mich vermutlich von jeder Parkbank wegweisen.

Heute Nachmittag werde ich Rob sehen. Ich muss mir die Waffe besorgen, aber erst muss ich etwas in meinen Bauch kriegen. Ich gehe runter in die Lobby, die einen pompösen Kontrast zu meinem Zimmer bietet.

„Haben sie gut geschlafen Sir?", fragt mich der adrett gekleidete Concierge. Ich hingegen sehe aus, als ob ich auf der Strasse übernachtet hätte und ich fühle mich auch so.

„Ja Danke. Wo gibt es hier Frühstück?"

„Zwei Strassen weiter finden sie ein Lokal, das sehr gutes Rührei mit Speck serviert und der Kaffee ist umsonst."

Super, er hält mich für einen Penner, dem die Polizei eine Nacht im Hotel spendiert hat. Ich nicke ihm freundlich zu und verlasse das Etablissement. Hat er etwas von links, oder rechts gesagt? Ich entscheide mich spontan für links. Zum ersten Mal sehe ich die gewaltigen Wolkenkratzer und erkenne weiter hinten das Chrysler Building. Auf der Strasse herrscht bereits Berufsverkehr. Immer wieder vernimmt man Sirengengeheul. Ich fühle mich wie in einem Film. Pit läuft über die lauten Strassen von New York. Zwei Strassen weiter finde ich tatsächlich ein kleines Lokal, das offen hat. Es entpuppt sich als kleiner Italiener. Meine Augen sehen sofort die grosse Cimbali Espressomaschine. Jetzt fehlen nur noch ein paar warme Croissants. Das Lokal ist leer und ich setze mich an einen Fensterplatz. Eine bleiche Dame kommt zu mir an den Tisch.

„Mojn Sir." Sagt sie in breitestem Amerikanisch und bleibt mit einem Schreibblock bewaffnet vor mir stehen. Sie erwartet offenbar meine Bestellung.

„Guten Morgen." Mein Englisch scheint sie zu überraschen. Jedenfalls lüpft sie eine Augenbraue und blickt mich über ihren Schreibblock prüfend an.

„Einen doppelten Espresso, ein Glas Wasser und eine grosse Portion Rührei mit Speck bitte."

„Ein grosser Kaffee, Wasser und Rührei mit Speck",
wiederholt sie. Ihr Kleid ist fleckig.

„Nein, einen doppelten Espresso." Ich zeige auf die Cimbali.

„Die läuft nicht. Ich kann ihnen einen grossen Kaffee bringen,
er ist umsonst."

Ich werde das Gefühl nicht los als Penner entlarvt zu werden.
Mein Magen knurrt mich an ‚Beeilung bitte'.

„OK, einen grossen Kaffee", bestätige ich. Sie notiert sich
alles genau, bevor sie zur Durchreiche in die Küche marschiert
und „Ein Rührei mit Speck!", nach hinten brüllt. Dann schaut
sie auf ihre Notizen und füllt eine Karaffe mit Wasser. Zweiter
Blick auf die Notizen. Sie krallt sich die Kaffeekanne. Ich frage
mich ob sie schreiben kann, oder ob sie meine Bestellung
gezeichnet hat. Für das Wasser stellt sie mir ein Glas hin, ohne
einzuschenken. Den Kaffee giesst sie in einen dieser
aufgeschäumten Plastikbecher, die die Hitze von den Fingern
fern halten. ‚HOT!' steht in grossen Lettern warnend darauf. Ich
schlürfe vorsichtig von dem heissen Kaffee, der mehr heiss als
Kaffee ist. Ich beäuge den Kaffee etwas genauer und stelle fest,
dass ich den Boden des Bechers sehen kann. Kein Wunder dass
der umsonst ist. Ich nehme einen Schluck Wasser. Es ist so kalt,
dass meine Zahnfüllungen drohen herauszuspringen. Ich sehe
enttäuscht aus dem Fenster. Die Sonne geht irgendwo hinter
den Wolkenkratzern auf. Tauben picken imaginäre Nahrung
vom Boden auf und flattern vor eiligen Fussgängern davon.
Sirengeheul. Ich muss noch die Waffe kaufen, aber wo?

„Rührei mit Speck." Die fleckige Dame stellt mir eine
Monsterportion vor die Nase. Sie dampft und duftet herrlich
fett.

„Könnte ich noch etwas Brot dazu haben?", frage ich höflich.

„Sie sind Engländer nicht war?", beginnt die Dame
unerwartet eine Konversation.

„Ja, eh nein, ich bin Schweizer."

„Ah, Schweiz. Ein Neffe von mir war einmal in Österreich
Schifahren. Kennen sie Österreich?"

„Ja, das liegt nur eine Autostunde von wo ich lebe."

„Ach ja?", sagt sie erstaunt. Sie bringt mir Brot, oder was ein Ami halt unter Brot versteht - Toastbrot. Ich verschlinge das Rührei mit dem etwas zu kurz angebratenen Speck. Mein Magen dankt es mir mit einem wohligen Rülpser, den ich leise von mir gebe.

„Miss, gibt es hier in der Nähe einen Waffenladen?" Sie denkt angestrengt nach.

„Ich kenne bloss einen in der Bronx, aber ob es den noch gibt, weiss ich nicht." Neben der Dame ist Jolanda die Klette, Einstein. Leichtes Heimweh macht sich bemerkbar, ich seufze tief.

„Phil, kennst du in der Nähe einen Waffenladen?", schreit sie in die Durchreihe. Hey, steh doch gleich auf die Strasse und rufe ‚hat jemand eine Knarre für den Schweizer, der seinen Bruder rächen will?'

„Nö, Hillary. Ich glaube seit 9/11 haben alle Waffenläden geschlossen. Ich glaube classic firearms, 156 Jericho gibt's noch.", schreit Phil aus der Küche.

„Classic firearms, 156 Jericho. Nützt ihnen das etwas?", ruft Hillary quer durchs Lokal.

„Ja klingt gut. Wissen sie, ich bin *Sammler* von klassischen Waffen", versuche ich abzulenken. „Kann ich zahlen bitte?"

Ich winke mir ein Taxi herbei. Das Vierte hält dann auch an. Ich setze mich hinten auf den Kunstledersitz. Durch das Gitter rufe ich „156 Jericho bitte."

„Geht klar."

Wir fahren durch die Strassenschluchten. Die Häuser reichen wirklich in den Himmel. Aus dem Taxi heraus sind die Spitzen nicht zu erkennen. In der Nähe des Finance Districts hat es auffallend viele Polizisten und sogar Militärs, die sich vor ihrem grünen Hummer die Beine in den Bauch stehen. Sicher würden sie lieber im Irak in echten Kampfeinsätzen Dienst tun, wo sie sich dann wünschen würden sich an der Wall Street die Beine in den Bauch stehen zu dürfen.

„Da sind wir. Macht achtzehn fünfzig." Ich reiche ihm zwanzig. „Stimmt so."

„Thanks Sir!", klingt es von vorne.

Tatsächlich, auf der anderen Strassenseite ist ein Laden mit der Überschrift ‚CLASSIC FIREARMS'. Es ist nicht einfach auf die andere Seite zu kommen. Mit einem riskanten Zwischenstopp in der Mitte der vierspurigen Strasse schaffe ich es schliesslich rüber. Die Fenster des Ladens sind mit dicken Drahtgittern gesichert. Über dem Eingang ist eine Kamera angebracht. Das gefällt mir gar nicht. Dabei gefilmt zu werden, wie ich die Waffe kaufe. Ich trete ein. Drinnen wähne ich mich in der Waffenkammer von Bin Laden. Von kleinkalibrigen Winchester Gewehren, über Rambomesser bis zum Maschinengewehr, alles was das Herz begehrt. Soll ich nach dem Preis für den Granatwerfer aus dem Zweiten Weltkrieg fragen? Ich bezweifle stark, dass er die passende Munitionierung dazu an Lager hat.

„Hi, kann ich ihnen helfen?", begrüsst mich ein Mittsechziger im Casuallook. Seinem runzligen Gesicht zufolge könnte er aus den Bergen kommen, wo ihm die Winter jetzt zu hart geworden sind.

„Hi. Ja bin aus Europa für ein paar Tage in der Stadt. Zu Hause sammle ich alte Waffen."

„Suchen sie etwas Spezielles, oder möchten Sie sich ein wenig umsehen?"

„Nein ich habe erst Mal eine Frage, wegen der Lizenz. Ich kenne die Gesetze hier nicht. Ich habe keine Erwerbslizenz. Was kann ich überhaupt legal kaufen?"

„Ja dann wird's schwierig Sir. Für Handfeuerwaffen und Gewehre brauchen sie die Lizenz und auf die müssen sie sechs Monate warten. Und eine New Yorker Wohnadresse haben."

„Tja wie ich sagte, ich bin nur ein paar Tage in der Stadt. Eigentlich habe ich sogar nur gerade jetzt Zeit."

„Oh je, dann wird's wohl nicht für mehr als ein Jagdmesser reichen. Davon habe ich aber eine schöne Auswahl. Sehen sie hier zum Beispiel." Shit, mit Waffe ist also nichts. Irgendwie bin ich darüber nicht ganz unglücklich. Im Laden habe ich mindestens drei weitere Kameras gezählt und ich habe echt keine Lust hier in den Knast zu gehen. Überhaupt finde ich meinen Plan den Kerl, der Rob auf dem Gewissen hat umzulegen, je länger je lächerlicher. Von einem echten Plan kann eigentlich gar keine Rede sein. Ich hatte mir nur immer vorgestellt, den Kerl vor dem Gerichtsgebäude zu erschiessen. ‚Mann Pit, stell dein Hirn an! Das kann ja nie funktionieren!' sagt mir meine innere Stimme.

„Ja, das sind schöne grosse Messer. Haben sie nicht was Kleineres?" Die Amis haben offenbar eine Vorliebe für Rambogrössen. Mit den Dingern kann man einen Chinook Helikopter runter holen. Er zeigt mir Klappmesser „die von den Marines genutzt werden", wie er mir versichert. Aggressiv aussehende Dinger mit schwarzen Griffschalen aus Plastik und Einbuchtungen für die Finger.

„Damit ihnen das Messer nicht aus der Hand flutscht, wenn sie jemandem lautlos von hinten die Kehle durchschneiden müssen", beschreibt er den Vorgang, während er ihn mir vorzeigt.

„Sie scheinen sich ja auszukennen", meine ich mit einem Grinsen.

„Ja Mann, ich war in ´nam!" Womit er wohl Vietnam meint.

„Die Kehle in einem Zug zu durchtrennen benötigt aber viel Kraft. Die sauberere Art ist es, wenn sie die Klinge genau hier", er zeigt auf die Stelle zwischen Schulter und Hals „reinrammen. Dabei durchtrennen sie die Halsschlagader und die Stimmbänder in einem. Der verblutet dann lautlos." Diese Bewegung zeigt er mir sogar in Zeitlupe.

„Ach", sage ich und fasse mir dabei an die Kehle, um sicher zu gehen, dass alles in Ordnung ist.

„Was ist das für ein Messer?" Ich zeige auf ein geschwungenes Taschenmesser mit Griffen aus Hirschhorn.

„Ah, sie sind ein Kenner!", würdigt er meine Frage. Er nimmt das Messer aus der Vitrine und klappt es auf.

„Das ist ein Bear MGC mit einer Klinge aus Damaststahl. In den USA handgefertigt. Sehen sie die Wasserlinien auf der Klinge? Beim Damaststahl wird Stahl mit weicherem Eisen durch schmieden miteinander verschweisst. Das Resultat wird gefaltet und wieder geschmiedet bis die Klinge zweiunddreissig

Schichten hat", schwärmt er mit glänzenden Augen. „Ganz zum Schluss wird die Klinge mit Säure behandelt, so dass die Schichten sichtbar werden. Ein Meisterstück der Handwerkskunst. Die Enden des Griffs sind aus poliertem Silber. Nicht ganz billig."

Komm Pit, das ist ein schönes Andenken. Rob hätte es in seiner Sammlung gefallen. Ich werde es ihm mit ins Grab geben.

„OK was kostet es?" Er dreht das Preisschild um.

„97.95. Ein Lederetui gibt's umsonst dazu." Ich weiss nicht was der Typ unter teuer versteht. Ich finde es ein Schnäppchen.

„OK packen sie's ein."

„Eine exquisite Wahl Sir. Ist es ein Geschenk?"

„Ja, für meinen Bruder."

„Oh da wird er sich sicher freuen! Wenn sie möchten kann ich Ihnen noch eine Widmung auf die Klinge lasern. Weil sie's sind umsonst!"

„Oh ja, das wäre nett." Er holt ein Musterbuch mit verschiedenen Schriften hervor.

„Sehen sie, sie können aus verschiedenen Schriften auswählen." Ich wähle eine sehr verschlungene Schrift, wie man sie von Mittelalterlichen Kaligraphien her kennt.

„Schöne Schrift. Sie haben Geschmack! Mit der Schrift haben aber nicht so viele Buchstaben platz", gibt er zu bedenken.

„Macht nichts. Reicht's für ‚für Rob'?" ‚für' sage ich auf deutsch.

„Denke schon. Können sie's mir aufschreiben. Er hält mir einen Zettel hin. Ich schreibe es für ihn auf.

„Hm, ich weiss nicht ob ich diesen Buchstaben in der Vorlage habe."

„Ach so. Na dann lassen sie's einfach."

„Auch gut. Auf der Damastklinge kommt es eh nicht so gut zur Geltung. Ich muss nur schnell das Lederetui suchen. Dauert nur eine Minute."

„Ja sicher ich sehe mich noch ein wenig um."

Er verschwindet mit meinem Messer hinter einen Vorhang, wo ich eine kleine Werkstatt sehe. ‚Netter Kerl', denke ich.

Die Auswahl ist erschreckend. Man könnte locker eine kleine Privatarmee damit ausstatten. Nachtsichtgeräte und Laserzielfernrohre. Für einen Classic Shop hat er eine ziemlich moderne Auswahl. Ich will gar nicht wissen, was man in einem high end Laden bekommen würde. Sattelitengesteuerte Cruise Missiles?

„So das wär's." Ich erschrecke, als er plötzlich hinter mir auftaucht. War wohl mit meinen Gedanken woanders.

„Soll ich es als Geschenk einpacken?"

„Nein nicht nötig, mein Bruder ist tot. Die Verpackung spielt also nicht so eine grosse Rolle."

„Oh, ja dann – tut mir leid, das mit ihren Bruder", stammelt er.

„Machen sie sich keinen Kopf. Ich glaube nicht, dass er damit aus dem Grab steigen wird", sage ich und mache grinsend den Norman Bates aus Psycho nach. Er lacht erleichtert.

„Möchten sie es in einer Tüte?"

„Nein Danke, ich nehme es so. Akzeptieren Sie Kreditkarten?"

„Sorry, für diesen Betrag leider nicht Sir." Ich pule den letzten Huni aus meiner Brieftasche. Ich hätte mehr Dollar wechseln sollen.

„Behalten sie den Rest."

„Herzlichen Dank Sir!"

Auf der Strasse werde ich von der Masse der Menschen wie in einer Lawine mitgerissen. Ich setze mich in ein kleines Café, das draussen ein paar Stühle mit kleinen Tischchen aufgestellt hat und bestelle mir einen Espresso. Die gut gefüllte Tasse lässt wenigstens keinen Blick auf deren Boden zu. Ich rühre das Sahnepulver und den groben Zucker ein. Jetzt schmeckt mein ‚Espresso' wie Babybrei.

„Miss! Haben Sie Donuts?" Sie kehrt an meinen Tisch zurück.

„Classic-, Vanille-, Schokolade-, Erdbeer-, Kaffee- oder Erdnussgeschmack?" Mir graut.

„Schokolade bitte." Der Fettkringel, den sie mir bringt, hat einen Überzug aus dunkelbrauner Zuckerglasur. Ich schliesse die Augen und versuche mir vorzustellen ich sässe auf der Terrasse der Cervosa Alm ob Serfaus, in den Österreichischen Alpen. Der Kaffee mit Schnaps dampft und der frische Kaiserschmarrn duftet mir herrlich entgegen. Die Kuhglocken jaulen – hä?

Ich öffne meine Augen und sehe noch, wie der schwarz weisse Polizeiwagen mit jaulenden Sirenen um die nächste Ecke verschwindet. Der Fettkringel und der Babybrei verursachen mir ein Sodbrennen, das locker ein Loch in den Kanaldeckel vor mir brennen würde. Ich versuche mich zu konzentrieren. In der Rechten halte ich dabei das Messer und reibe mit dem Daumen über das fein polierte Ende aus Silber. Ich starre durch den Tisch vor mir ins Nichts. Ich muss Rob heute noch identifizieren, also werde ich mich nachher auf dem Polizeiposten melden. Hoffentlich klappt das mit dem Papierkram. Ob der Täter im gleichen Haus sein wird? Ich könnte ihn – nein keine Chance. Ich könnte ... Ich schmiede Pläne wie ich den Kerl umbringen könnte, aber meine Wut hat an Energie verloren. Die Aussichtslosigkeit, ohne geschnappt zu werden davon zu kommen, lässt meine Gedanken nach Hause schweifen. Nathalie. Sie geht mir nicht aus dem Kopf. Ihr sanftes gütiges Gesicht. Ihre klugen Worte ‚Du meintest nicht mich, sondern was geschehen ist' - einfach genial. Ich will sie halten, fest halten.

„Möchten Sie noch etwas Kaffee?", fragt mich die Kellnerin. Sie hält eine grosse Kanne, Typ Kanne aus Filterstation, mit schwarzem Kaffee in der Rechten.

„Nein Danke. Kann ich bitte Zahlen?"

„Macht dann sechs dreissig bitte." Scheisse, ich habe die Kosten total unterschätzt. Ich muss dringend Geld abheben.

„Gibt es hier in der Nähe einen Geldautomaten?", frage ich.

„Da drüben ist eine Bank. Versuchen sie's doch dort. Schönen Tag noch." Ich gehe die Strasse runter und nutze den Fussgängerstreifen über die vierspurige Strasse. Vor der Bank bleibe ich stehen und suche den Geldautomaten.

„Sir, kann ich ihnen helfen?", spricht mich ein mit MP bewaffneter Polizist an.

„Eh, ich suche einen Geldautomaten."

„Da müssen sie schon in die Bank reingehen", antwortet er verwundert.

„Ach so, in der Schweiz sind die Geldautomaten aussen angebracht."

„Na hier würde ich abends kein Geld mehr beziehen wollen", meint er lachend. In der Bank hat es tatsächlich drei Stück von den Gelddruckern. Ich gehe zum mittleren und bekomme ohne Probleme dreihundert Dollar. Wenigstens das scheint zu funktionieren. Ich verlasse die Bank und rufe mir ein Taxi. Das Erste hält an. Ich schaue mich noch um. Hat der wirklich für mich angehalten? Habe ich eine Glückssträhne? Auf der Rückbank krame ich den Zettel des NYPD hervor und gebe dem Fahrer die Adresse an. Während der Fahrt geniesse ich zum ersten Mal die Stadt. Die Strassenschluchten geben einem das Gefühl, von der Stadt verschlungen zu werden, wären da nicht zwischendurch niedrigere Häuser mit nur dreissig Etagen, die einen kurz den Himmel sehen lassen. Immer wieder wird der Strassenlärm von Polizeisirenen übertönt.

„Da wären wir." Na das kurze Stück hätte ich auch zu Fuss gehen können.

„Wie viel?"

„Elf fünfzig."

„Ich wollte nicht wissen was ihr Taxi kostet, sondern nur, wie viel die Fahrt macht", sage ich lachend und reiche ihm einen Zwanziger.

„Dass ist wegen der Grundtaxe, sorry Mann!", entschuldigt er sich. Diesmal lasse ich mir das Rückgeld genau geben.

„Schönen Tag noch", sagt er, als ich aussteige. Ich stehe vor dem neunten Revier des NYPD. Ehrfurchtsvoll gehe ich die Sandsteinstufen zum Eingang hinauf. Ich drücke die abgegriffene Türfalle nach unten und die Tür öffnet sich wie von selbst. Kühle Luft kommt mir entgegen. Es riecht nach kaltem Stein und alten Möbeln. Die alten Holzbänke im Eingangsbereich versprühen einen Hauch von Nostalgie. Es muss wohl ein älteres Revier sein. Vor dem *Informationdesk* stehen schon an die zehn Leute an. Der Typ der gerade dran ist schreit etwas von ‚Sauerei' und verflucht die Polizei mitsamt der Stadtverwaltung aufs Gröbste. Darunter sind Fluchwörter, die ich noch nie gehört habe. Der diensthabende Police Officer hört mit stoischer Ruhe zu, nein er wirkt sogar gelangweilt. Er hält ihm einen Zettel hin und wiederholt ständig, dass er nicht zuständig sei und sich der Herr doch an die gezeigte Adresse wenden soll. Wutschnaubend macht sich dieser endlich vom Acker. Die nächsten neun vor mir brauchen im Schnitt fünf Minuten. Nach einer dreiviertel Stunde bin ich an der Reihe. Hinter mir wartet natürlich niemand mehr.

„Sorry, Sir. Wir machen um halb Zwei wieder auf."

„Sorry?" Ich habe seine Worte verstanden, aber kann den Inhalt nicht glauben.

„Dieser Schalter wird um halb Zwei wieder geöffnet. Bitte kommen sie dann wieder."

„Aber es ist doch erst viertel vor Zwölf!" Er zeigt auf eine Tafel neben dem Schalter und schliesst das Fenster. ‚Aus Kostengründen bleibt der Schalter zwischen 11'45 am und 1'30 pm geschlossen. In Notfällen benutzen sie bitte das Telefon. Ein schmutziges Telefon ohne Wählscheibe steht darunter. Jetzt ist mir auch klar, weshalb niemand hinter mir gewartet hat. Genervt gehe ich wieder nach draussen. An der Ecke erstehe ich mir einen Hotdog, drei Minuten später den zweiten und eine Büchse Cola um den Karton, der das auffallend rosa Würstchen umschliesst herunter zu spülen. Das nächste Mal nehme ich etwas gegen Sodbrennen mit. Es kommen immer noch Leute aus dem Gebäude und es gehen auch Zivilisten rein. Ich folge dem Beispiel und begebe mich erneut ins neunte Revier. Der Schalter ist immer noch geschlossen. Ich setze mich auf eine der alten Holzbänke und beobachte das Kommen und Gehen. Es fällt auf, dass keine Polizisten mit Festgenommenen herein kommen, wie das in den Fernsehproduktionen immer der Fall ist. Vermutlich haben die hinter dem Haus einen extra Eingang.

„Sir, der Schalter öffnet erst in einer Stunde!", sagt ein junger Mann zu mir.

„Ja ich weiss. Ich komme um meinen toten Bruder zu identifizieren."

„Da sind sie hier bestimmt falsch Sir. Wir haben hier keine toten – soviel ich weiss." Er grinst dumm. Arschloch.

„Tja, hier steht's aber so drauf." Ich zeige ihm den Fax aus Erics Büro.

„Ja hier steht, dass sie sich hier melden sollen, aber von einem Toten ist hier nicht die Rede."

„Man verscheissern kann ich mich selber! Mein Bruder Rob wurde in ihrer Stadt umgelegt und ich bin hier um ihn nach Hause zu bringen. Können sie mir helfen, oder quatschen sie nur dumm in der Gegend rum?"

„Ruhig Blut, mal sehen. Wissen sie, eigentlich habe ich ja Mittagspause. Wissen sie was, gehen dort vorne durch und fragen mal im sechsten Stock."

„Danke." Ich stehe auf und gehe an dem Police Officer vorbei, der mich freundlich grüsst. Der Alarm lässt mich zusammenfahren.

„Stop, stehen bleiben!", bellt mich der Officer an. Mit der Rechten bereit seinen Revolver zu ziehen, weist er mich mit der Linken an, zur Seite zu treten.

„Taschen auf den Tisch leeren", befiehlt er mir. Ich lege meine Brieftasche, meine Schlüssel, mein Handy und das Taschenmesser auf den Tisch.

„Damit können sie hier nicht rein. Können sie nicht lesen?"

Auch er zeigt auf eine Tafel, auf der verschiedene Waffen in roten Kreisen abgebildet und durchgestrichen sind. Ach, das versteht der unter ‚lesen'.

„Ich habe ja bloss ein Taschenmesser und kein Messer wie dieses", entgegne ich und zeige auf das grosse Messer an der Tafel mit dem Rambo einer ganzen Schlitzaugenarmee den Garaus gemacht hat.

„Messer sind nicht erlaubt. Sie müssen es an der Information abgeben."

„Aber die öffnet erst in einer Stunde!" Jetzt wird es mir langsam zu blöd hier.

„Sir, treten sie bitte wieder hinter die Schranke und kommen sie wieder, wenn sie das Messer an der Information abgegeben haben!"

‚Wiederstand ist nutzlos', denke ich.

„Yes Sir", antworte ich stramm und setze mich auf die Bank zurück. Der Gorilla versteht keinen Spass. Um halb zwei kommt der Junge wieder und öffnet das Fenster am *Informationdesk*. Ich stehe schon davor.

„Hallo, wie kann ich ihnen helfen?"

„Ich muss mein Rambomesser hier abgeben."

„Das ist ein Taschenmesser." Auch der Junge versteht keinen Spass.

„Ich weiss. Ich muss es abgeben, damit ich am Officer dort drüben vorbei komme und mich hier melden kann." Ich halte ihm das zerknüllte Fax hin. Er glättet es fein säuberlich und mustert mich wie einen – ach was soll's. Geduld Pit, ganz locker bleiben.

„Sie müssen ihren Bruder identifizieren?" Grnnnhhm! Mann! Was-steht-denn-da?

„Ja Sir, so steht es da", antworte ich und beisse mir fast die Zunge ab.

„Und müssen sich heute hier melden."

‚Tief durchatmen Pit. Spatzenhirn will dir nur zeigen, dass es lesen kann', beruhige ich mich selber.

„Genau." Ich halte mich bewusst kurz, um mich nicht in echte Schwierigkeiten zu bringen. Polizistenmörder sind bei den Gefängniswärtern bekanntlich sehr unbeliebt.

„Ah, sie müssen zu Chief Detective O'Hara." Halleluja - ich bin am Ziel!

„Chief Detective O'Hara ist aber in den Ferien." Neeeeiiiiiin, es ist zum wahnsinnig werden. Meine Fingernägel kratzen tiefe Furchen in das Holz vor dem Fenster.

„Ich werde mal sehen ob Detective O'Malley anwesend ist." Meine Anspannung löst sich etwas.

„Hallo? O'Duffy hier. Hat Detective O'Malley heute Dienst?"

Ich werde gefilmt. Ganz sicher. Das kann nur eine Verarsche sein! Ich sehe mich ernsthaft um. Mich kriegt ihr nicht!

„Ganz schön viele Iren hier was?"

„Ja Sir, das neunte Revier ist stolz darauf!" Schneidig, diese Iren.

„Detective O'Malley erwartet sie im dritten Geschoss, Sir." Diese Sir-Kacke geht mir allmählich auf die Nüsse.

„Besten Dank." Ich gehe zu Gorilla. Shit, jetzt habe ich doch glatt vergessen mein Rambomesser abzugeben. Ich drehe mich wieder um. Jemand anderes steht nun an meiner Stelle am Schalter und dahinter haben sich schon wieder vier andere angestellt. Ich stehe in gebührendem Abstand zu meinem Nachfolger nochmals zu O'Jungchen in die Reihe. Er bemerkt mich, zeigt nach links und sagt „Sir, bitte stellen sie sich hinten an." Ganz selbstverständlich, als ob er mich noch nie gesehen hätte. Diesmal beisse ich mir die Zunge ganz ab und stelle mich hinten an. Nach zwanzig Minuten bin ich wieder bei Jungchen.

„Hallo, ich bin's wieder", säusle ich ‚Ich habe vergessen Dir Affenarsch das Messer in dein Spatzenhirn zu rammen' – „Ich hatte doch glatt vergessen mein Taschenmesser bei ihnen zu deponieren, Sir." Er nimmt wortlos mein Taschenmesser und reicht mir einen Coupon.

„Hier Sir. Damit können sie es beim Verlassen des Gebäudes wieder abholen. Einen Schönen Tag noch."

Ich wäre ihm beinahe an die Gurgel gesprungen. Nur die schwulen Wärter in Guantànamo halten mich davon ab. Vorbei an Gorilla. Beeeeeep! Zur Seite stehen, Taschen auf den Tisch – ich weiss! Noch mal durch den Metalldetektor, ich könnte ja plötzlich eine Uzi in die Hosentasche geschmuggelt haben, Taschen wieder einpacken und in den Dritten rauf. Dort ist nur eine Tür mit einem tastenlosen Telefon daneben. Ich nehme es ab „Hallo?".

„Ja Hallo, wie kann ich ihnen helfen?"

„Peter Brad. Ich stehe vor der Tür und habe einen Termin bei Detektive O'Malley." Die Leitung knackt. Ruhe. Knack.

„Detectiv O'Malley ist eben gegangen." Ich falle fast in Ohnmacht.

„Ach nein, da ist er ja." Zwei Sekunden Stille folgen, die mir wie zwei Stunden vorkommen. Ich kämpfe gegen die Ohnmacht. Dann öffnet sich die Tür.

„Mister Brad?"

„Mister O'Malley. Sir? Detective?" Ich versuche ihm in den Arsch zu kriechen so gut es geht.

„Kommen sie doch herein. Wo haben sie denn so lange gesteckt?" Im Arsch von O'Duffy.

„Oh es gab ein kleines Missverständnis wegen eines Taschenmessers. Nichts von Bedeutung", verharmlose ich den Psychoterror im Foyer. Irgendwie kommt mir O'Malley bekannt vor. Klar! Ich habe ihn rausgehen und reinkommen sehen, als ich unten *mein Kampf* durchexerzierte.

„Nehmen sie doch Platz. Worum geht es denn?" Ich habe keine Kraft mehr mich aufzuregen. Eine seltsame Ruhe überkommt mich.

„Hier, sehen sie. Das ist die Vorladung die ich bekommen habe. Mein Bruder Robert Brad wurde letzte Woche durch eine verirrte Kugel bei einer Schiesserei getötet. Ich bin aus der Schweiz angereist um ihn zu identifizieren und mit nach Hause zu nehmen." Er beäugt das Fax kritisch.

„Hm, dumm das Chief Detective O'Hara nicht da ist. Ich kenne den Fall nicht. - Sie müssen ihren Bruder identifizieren. Hm. Ach doch! Sie sind der Schweizer nicht war?" Ich sacke vollends zusammen.

„Ja."

„War eine dumme Sache. Wir wissen nicht einmal woher die Kugel kam." Was?

„Sie meinen, sie wissen nicht wer es getan hat?"

„Ja, sag ich doch gerade. Ihr Bruder ist mitten auf der Strasse zusammengesackt. Niemand hat etwas gesehen, oder gehört. Peng. Tot." Ich kann es nicht fassen.

„Sie meinen der Täter wurde nicht gefasst?"

„Nein, wie ich schon sagte. Wir haben keinen blassen Schimmer woher die Kugel kam."

„Was haben den die Ballistiker gesagt? Was meint den der CSI dazu?" Er lacht. Er lacht!

„Sie sehen zu viel fern. Wissen sie wie viele Todesfälle wir hier in der Stadt jeden Tag haben? Tut mir leid. Es gab einfach keine Anhaltspunkte, die uns auf irgendeine Spur gebracht hätten."

„Gibt es eine Akte über den Fall?"

„Ja sicher, ich lasse sie gleich kommen. Einen Moment bitte." Er drückt auf die Taste einer Gegensprechanlage.

„Betty? Kannst du mir bitte die Akte von – wie hiess ihr Bruder noch gleich?"

„Robert Brad."

„Robert Brad bringen? Sie muss irgendwo bei John auf dem Pult liegen." Eine unverständliche Antwort kommt aus dem Lautsprecher.

„Möchten sie einen Kaffee?" Gott behüte!

„Nein Danke, ich hatte schon zwei." Er drückt die Taste noch mal.

„Und Betty, bringst du mir einen Kaffee? Wie immer." Er wendet sich wieder an mich. „Wissen sie, die Polizei musste in den letzten Jahren viele Abstriche in Kauf nehmen. Wir haben einfach zu wenig Leute, um auf jeden Fall ein ganzes Team ansetzen zu können. Da muss man Prioritäten setzen."

Es klopft und Betty, die aussieht wie Bettys so aussehen, gutbürgerlich und wohlgenährt, tritt ein. In der einen Hand ein dünnes Dossier, in der anderen ein Espresso. Ein Espresso!

„Betty, was ist das denn? Haben wir keinen richtigen Kaffee mehr?"

„Nein, der kommt aus der neuen Kaffeemaschine. Ich werd mich mal schlau machen." Liebe Betty, um dich schlau zu machen braucht es länger als dein jämmerliches Leben noch dauert! Wir wären schon froh wenn dein IQ, den einer Pflanze übersteigen würde. Das ist ein echter Espresso! Ich könnte weinen.

„Ja mach das und den Schluck hier kannst du gleich wieder mitnehmen. Diese verdammten Italos mischen sich überall ein!", meint er noch zu mir. „Wo waren wir gleich stehen geblieben? Ach ja, hier - die Polizeiakte." Er sieht sie sich an. „Hmh. Ja hier steht es. Niemand was gesehen, niemand was gehört. Toter mit Namen Robert Brad. Täterschaft aus dem Schwulenmilieu möglich. Fall abgeschlossen."

Er legt die Akte zurück ins Dossier. Ich kann einen flüchtigen Blick auf den Bericht erhaschen, als er das Dosier mit dem Stempel ‚Closed' darauf schliesst. Es sind keine zehn Zeilen mit Maschine geschrieben. Es zieht mich hinunter. Mein Magen krampft, die Luft ist schwer wie Blei und ich schwitze. Reiss dich zusammen Pit. Brich jetzt nicht weg.

„Wo ist mein Bruder?", bringe ich gerade noch hervor.

„Moment." Er klappt das Dossier nochmals auf. Zehn Zeilen. Mehr Aufwand war der Schwule hier nicht wert.

„Im Benedict Memorial, Pathologie. Einer meiner Jungs wird sie hinfahren."

„Nicht nötig, ich finde den Weg schon alleine." Ich brauche frische Luft. Ich muss raus hier, sonst muss ich mich übergeben.

„Na wenn sie meinen. Bitte. Viel Glück." Wenigstens wünscht er mir keinen schönen Tag.

Beim hinausgehen ruft mir der Junge Polizeibeamte nach „Sir! Ihr Taschenmesser." Ich nehme es wortlos entgegen und verschwinde auf die Strasse. ‚Links, Rechts, Taxi? Benedict Memorial. Rob ist tot. Ein toter Schwuler interessiert hier niemanden.' Die Gedanken kreisen in meinem Kopf. Ich reibe das Messer in meiner Hosentasche und muss mich zusammenreisen, dass ich nicht auf der Strasse zu weinen beginne. Vermutlich würde es kein Schwein interessieren. Ich nehme mein Handy und rufe Nathalie an. Tuuuttuut. Tuuut.

„Reimann?" Sie nimmt ab. Ich stehe hier mitten in Manhattan und rede mit Nathalie!

„Hallo Nathalie? Ich bin's Pit."

„Pit! Wie geht es Dir? Bist du nicht in New York?"

„Doch ich stehe hier in New York und rede mit Dir."

„Was ist los Pit, geht es dir gut? Hast du – deinen Bruder gesehen?"

„Noch nicht. Das werde ich gleich nachher machen. Nathalie es geht mir hundsbeschissen."

„Was ist denn passiert Pit? Du klingst nicht gut."

„Der Mörder meines Bruders wurde gar nicht gefasst. Die haben ihn einfach wie einen Penner von der Strasse aufgelesen. Niemand hat etwas gehört oder gesehen. Im Polizeibericht stehen gerade mal zehn Zeilen. Die haben gar nichts unternommen. Nichts Nathalie!"

Ich beginne leise zu heulen.

„Pit. Pit! Beruhige dich Pit." Höre ich Nathalie.

„Kann ich dir irgendwie helfen Pit?"

„Nein Nathalie. Es geht schon wieder. Danke, dass du mir zugehört hast. Danke. – Wie geht es deinem Bruder?"

„Ach Bernd? Der bekommt gerade seine Dritten angepasst. Sonst erholt er sich den Umständen entsprechend recht gut."

„Lass ihn von mir grüssen. Ich gehe dann mal Rob besuchen."

„OK Pit. Pass auf dich auf!"

„Mach ich. Bis dann."

Auf der anderen Strassenseite sehe ich in einem Fenster eine Tafel mit der Zahl 52'642. Darüber steht ‚Zivile Opfer im Irak seit 2003' Neben und unter dem Fenster ist die Fassade verschmiert. Jemand hat wohl Eier hinaufgeworfen. Fürchterlich diese Zahl. So viele tote aus Rache für 9/11. Meine Gedanken kehren zu meinem Bruder zurück. Rob besuchen. Ich will ihn sehen. Ihn drücken, wie ich es immer mache, wenn ich ihn sehe. Ich winke mir ein Taxi herbei.

„Benedict Memorial bitte", gebe ich kurz mein Reiseziel bekannt. Das Taxi braust mit mir durch die Strassenschluchten. Ich beobachte die Menschen, die neben der Strasse, alle für sich alleine herumlaufen.

Jeder kennt jemanden, der jemanden kannte, der im World Trade Center umgekommen ist. Jeder trägt in seinem Herzen seinen persönlichen Hass gegen die Iraker. Geschürt von den Lügen der Regierung. Kaum einer weiss, dass Bin Laden Jemenit ist und in Saudi Arabien sein Geld gemacht hat. Er hat mit dem Irak nichts zu tun. Nichts. Wenn Lügen nur lange genug wiederholt werden, werden sie in den Köpfen der Menschen zur Wahrheit.

Als das Taxi auf der Einfahrt des Benedict Memorial hält, hat es zu regnen begonnen. Zum Glück stehen wir unter einem Dach, das vom Eingang her die ankommenden Besucher schützt. Drinnen melde ich mich beim Empfang. In der Halle steht ein Wachmann. Oh du freies Amerika, wie tief bist du gesunken.

„Hallo, mein Name ist Peter Brad. Ich bin hier, um meinen toten Bruder zu identifizieren." Ich lege das mittlerweile arg zerzauste Fax auf den Tresen.

„Können Sie sich ausweisen?" Ich zeige ihr meine Identitätskarte. Sie mustert sie von vorne und hinten.

„Was ist das?"

„Meine Identitätskarte. Ich bin Schweizer."

„Hm." Sie sieht die Karte nochmals genau an. Von vorne und von hinten. Das Fax auch. Und als ob plötzlich etwas Neues darauf stehen würde, nochmals die Karte.

„OK Mister Brad. Den Gang dort drüben bis zum Ende. Die Treppe runter und dort nochmals melden bitte."

Ich tue wie mir geheissen. Im Untergeschoss melde ich mich wieder.

„Hallo, mein Name ist Peter Brad. Ich bin hier um meinen toten Bruder zu identifizieren." Ich kann den Satz nicht mehr hören.

„Hallo Mister – ", sie sieht lange auf das Fax „ – Brad. Können Sie sich ausweisen?"

Wie ein Zombie zücke ich meine ID und lege sie ihr hin.

„Tut mir leid Mister Brad, Fahrausweise dürfen wir nicht akzeptieren."

„Das ist meine Identitätskarte. Es ist ein offizielles Identifikationsdokument der Schweiz." Hätte ich doch bloss meinen Pass nicht im Hotel gelassen.

„Sehen sie hier steht es ‚Swiss Confederation' und hier auf der Rückseite ‚Swiss citizen'."

„Ach ja, tatsächlich."

Gut, dass ich es ihr vorgelesen habe. Sie schwenkt die Karte, so dass die Farben des Hologramms auf der Vorderseite sich ändern.

„Einen Moment, bitte." Sie hämmert auf ihrem uralten PC herum. Sieht auf das Fax, klickt nervös auf die Korrekturtaste und hämmert weiter. Das Geräusch der Tasten halt durch den menschenleeren Gang. „Ah da haben wir's. Robert Brad?"

„Ja genau, das ist mein Bruder." Jetzt wird mir mulmig. Gleich werde ich Rob sehen. Tot und kalt. Der Drucker rattert. Sie reicht mir den Ausdruck rüber.

„Es wird sie gleich jemand abholen. Bitte nehmen sie doch Platz."

Sie zeigt auf einen einzelnen Stuhl mit Metallbeinen und Sitzfläche aus ehemals weissem Plastik. Als ich mich hinsetze, dröhnt das schnarrende Echo der rutschenden Beine durch den Gang. Dann ist es still. Bis auf ihren Kaugummi ist es still. Sie bearbeitet den Kaugummi mit den Zähnen und der Zunge. Ab und zu knallt es dumpf, wenn sie eine Blase im Mund zerdrückt. Sie liesst irgendetwas. Vermutlich einen Liebesroman. Die Zeit vergeht wie Leim. Mein Herz klopft spürbar vor Aufregung. Endlich öffnet sich die Tür automatisch zur Seite. Dahinter steht ein Mann von über zwei Metern. Sein weisser Kittel kommt ihm nur bis zum Oberschenkel. Auf seiner knorrigen Nase trägt er eine runde Nickelbrille. Sein Gesicht ist unrasiert und grau. Er kommt auf mich zu und streckt mir die Hand entgegen, ohne ein Wort zu sagen. Im Leichenschauhaus scheint verbale Kommunikation nicht von Bedeutung zu sein. Ich reiche ihm die Hand. Er zuckt seine zurück und nimmt das Formular aus meiner anderen Hand. Ups, ich hatte ganz vergessen, dass Händeschütteln hier unüblich ist.

„Mein Name ist Peter Brad. Ich bin hier um meinen toten Bruder", beginne ich unaufgefordert.

„Ich weiss, das steht hier." Es kann sprechen - und lesen!

„Folgen sie mir bitte."

Ich gehorche widerstandslos. Er zieht an der Schnur, die vor der Tür von der Decke hängt und die Tür öffnet sich wieder zur Seite. Wir laufen durch einen leeren Gang. Rechts befinden sich Türen aus Chromstahl. Unsere Schritte hallen im Gleichschritt von den Wänden wider. Am Ende des Gangs zieht er an der Schnur von der Decke. Es öffnet sich ein grosser Raum, der durch grelle Leuchtstoffröhren hell erleuchtet wird. In der Mitte der Obduktionstisch aus Chromstahl. Er ist so konstruiert, dass Körperflüssigkeiten nach getaner Arbeit mit einem Wasserschlauch in den Ablauf am Fussende gespült werden können. Von der Decke hängt ein Mikrofon für das Obduktionsprotokoll. Der Lange bleibt in der Mitte einer Reihe von etwa zehn Kühlfächern stehen. Er sieht nochmals auf das Formular und öffnet das Fach. Mein Puls beginnt zu rasen. Er zieht die Schublade heraus und schlägt das Leichetuch zurück. Zwei nackte Füsse kommen zu Vorschein. Er dreht den Zettel am rechten grossen Zeh und sieht zur Kontrolle nochmals auf das Formular. Dann begibt er sich ans Kopfende. Mein Puls schlägt bis zum Hals. Das Tuch fliegt wie in Zeitlupe zurück.

Die Stirn und das rechte Auge sind ein einziger, blutiger Brei.

„Nein!", stammle ich und trete einen Schritt zurück. Mein Kopf droht zu explodieren.

„Was, das ist nicht ihr Bruder?"

Ich nehme tief Luft und nähere mich nochmals der Leiche. Ich beuge mich weiter über den Kopf um die andere Gesichtshälfte sehen zu können. Rob. Es ist Rob. Tränen füllen meine Augen. Mit der rechten Hand streiche ich ihm über die Wange. ‚Wie immer schlecht rasiert Rob.' denke ich. Er fühlt sich kalt, aber nicht starr an. Seine Seele ist schon weg. ‚Auf Wiedersehen Rob. Wir sehen uns im nächsten Leben!'

„Ist das nun ihr Bruder, oder nicht?"

Ich schlucke meine Tränen herunter und muss mich räuspern um einen Ton heraus zu bringen.

„Ja, das ist die Leiche von Robert Brad", gebe ich zu Protokoll.

„Tut mir leid um ihren Bruder", sagt der Lange in einem Anflug von Mitgefühl. Er schlägt das Tuch sanft zurück und schiebt ihn zurück ins kalte, dunkle Fach.

„Wenn sie hier bitte unterzeichnen würden, das es sich um ihren Bruder handelt."

Er reicht mir das Formular und einen Kugelschreiber. Ich sehe keinen Tisch, also nehme ich die Chromstahltür des nächsten Kühlfachs als Schreibunterlage. Ich unterzeichne unten beim Kreuz. Oben steht Robs Name und mein Name weiter unten. Rob und ich, wie wir zusammen um die Häuser gezogen sind. Wie wir miteinander gelacht haben. Ich werde ihn in guter Erinnerung behalten.

„Wie kann ich ihn jetzt in die Schweiz überführen?"

„Sie bekommen von mir ein Formular, das sie berechtigt ihn mit in die Schweiz zu nehmen. Haben Sie schon ein Transportunternehmen beauftragt?"

„Nein, daran hatte ich nicht gedacht."

„Ich kann ihnen ein Unternehmen empfehlen, das ihnen dabei behilflich ist." Er geht zu einem kleinen Pult, das ich vorhin in der Ecke übersehen hatte. Ich folge ihm. Auf einer alten IBM Kugelkopf füllt er ein weiteres Formular aus. Jeder Anschlag auf der Maschine hallt wie ein Pistolenschuss durch den stillen Raum. Das fertig ausgefüllte Formular versieht er mit einem Stempel und seiner Unterschrift. „So, damit kommen sie über den Zoll. Hier die Karte meines Schwagers. Er führt ein Bestattungsunternehmen und kann ihnen beim Transport behilflich sein. Er braucht das Formular für die Formalitäten. Wenn Sie wollen, kann ich es ihm direkt zustellen. Dann brauchen sie sich um nichts mehr zu kümmern."

„Das wäre mir eine grosse Hilfe. Herzlichen Dank. Sehr aufmerksam von Ihnen." Der Lange wird mir fast sympathisch.

„Welchen Flug nehmen sie in die Schweiz?"

„Den Abendflug nach Zürich mit American Airlines. Morgen Abend ab JFK. Moment." Ich krame den zerknüllten Bordschein meines Fluges mit Folter-George hervor. „Flug Nummer AA0064."

„AA0064 ab JFK morgen Abend", notiert er.

„Wenn sie mir noch ihre Handy Nummer für den Fall der Fälle hätten. Aber keine Angst, es wird schon klappen."

‚Hoffentlich' denke ich. „Also dann noch mal besten Dank." Ich strecke ihm die Hand entgegen. Zu meiner Überraschung schüttelt er sie und wir verabschieden uns.

„Den Weg raus finde ich selber."

„Auf Wiedersehen und guten Flug."

„Lieber nicht." Lächle ich. Er versteht.

Ein Gefühl der Erlösung macht sich in mir breit. Ich verdränge den Schock des ersten Blickes auf Robs verunstaltetes Gesicht und behalte die andere Seite in Erinnerung.

Es ist später Nachmittag und ich stehe im Schatten der Wolkenkratzer. Der Himmel direkt über mir hat sich aufgeklart. Ich brauche Platz. Ich will die Sonne und den Horizont sehen.

„Taaaxi!"

„Zum Empire State bitte." Sicher hätte ich mir mit der U-Bahn einiges an Geld sparen können, aber da sieht man nur die Untergrundstationen und die Dunkelheit der Tunnel. Und ich hasse es, mit anderen öffentliche Verkehrsmittel zu teilen.

Im Empire State Building muss man im achtzigsten Stockwerk für die letzten sechs nochmals umsteigen. Durch den Souvenirladen hindurch. Endlich. Fernsicht auf den Horizont, blauer Himmel, Platz und Luft zum atmen. Die Aussicht auf Downtown Manhatten ist atemberaubend, als sich die Sonne in Richtung Kalifornien verabschiedet. Es sind die ersten Augenblicke in New York die ich geniesse. Nach einer Weile wird es kühler und ich habe einen Mordshunger! Also mit dem nächsten Aufzug runter. Taxi.

„Zum besten Steak House in New York. Geld spielt keine Rolle", präzisiere ich. Sonst hält er mich auch noch für einen Penner und fährt mich zur Suppenausgabe für Obdachlose. Stattdessen halten wir vor dem ‚Strip House'.

„Hey Mann. Ich sagte Steak House, nicht Strip House!"

„Glauben sie mir Sir, das ist das beste Steak House in der Stadt. Nicht billig, aber das Beste!"

OK, ich löhne den Taxifahrer und begebe mich in das Etablissement. Tatsächlich, der Kerl hatte recht. Es handelt sich um ein Steak House mit rotem Plüsch an den Wänden und alten schwarz weiss Pinups an den Wänden. So was findet man vermutlich nur in New York.

„Willkommen. Haben sie reserviert Sir?"

„Nein. Ich möchte gerne das beste Steak der Stadt geniessen. Ich komme alleine."

„Sie haben Glück Sir. Einen einzelnen Platz habe ich noch frei. Bitte folgen sie mir." Ich folge der adretten Dame zu meinem Platz. Es ist eigentlich ein Tisch für zwei, aber der zweite hätte wenig Platz.

„Der Kellner kommt gleich um ihre Bestellung aufzunehmen." Ich setze mich dankend hin. Meine Beine sind müde.

„Hi, ich bin Pete. Was darf ich ihnen zu trinken bringen?" Er reicht mir die Speisekarte.

„Hi, und ich bin Pit. Ich hätte gerne ein Bier."

„Kommt sofort Sir."

Der Typ geht nicht auf meinen Namen ein und verduftet hüftschwingend Richtung Küche. Rob hätte es hier bestimmt gefallen. Die Karte ist gross, nicht so der Inhalt. Es gibt Rindfleisch in allen Variationen, wenigstens so lange es mindestens Tellergrösse hat. Als Beilagen bekommt man nicht etwa einfache Pommes, sondern Kartoffelschnitzchen in Gänsefett gebraten, oder Spinat mit Trüffel. Ich entscheide mich für ein grosses Porterhouse mit den Gänseschnitzchen.

„Ihr Bier Sir. Haben sie sich schon entschieden?"

„Ja. Ich nehme das grosse Porterhouse mit den Kartoffelschnitzchen. Vorher noch einen grünen Salat."

„Eine gute Wahl Sir. Ist ihnen ein Ceasers Salad als Vorspeise recht?"

„Ja bitte."

„Wie mögen Sie ihr Fleisch?"

„So wie es der Chef am liebsten mag."

„Weise!" Er betont dabei das „i" und zieht seine rechte Augenbraue fast bis zu seinem mit Pomade angeklebten Scheitel. Er zündet noch elegant die unechte Kerze an und scharwenzelt in die Küche. Während ich auf den Salat warte, nehme ich das grosse Taschenmesser, das in meiner Hosentasche etwas sperrig ist, hervor. Ich bewundere die Präzision mit der es gefertigt ist. Das Hirschgeweih der Griffschale ist in der Mitte fast natürlich belassen und zur Seite hin abgeschliffen und fein poliert. Es fühlt sich an wie Elfenbein. Sanft und warm. Dabei kommt mir Nathalie in den Sinn. Wie sich wohl ihr wohlriechender Körper anfühlt, wenn ich ihn küssen dürfte? Ich stelle es mir wie das Paradies auf

Erden vor, ihre Brüste mit meinen Lippen zu liebkosen. Die silbernen Enden des Messers sind auf Hochglanz poliert. Ich kann mich darin spiegeln. Langsam öffne ich es mir beiden Händen. Die Klinge rastet auf dem letzten Millimeter mit einem gedämpften Klicken ein. Die fast schwarzen Wellen des Damaststahls lassen die Klinge dunkel erscheinen. Ab der Mitte verjüngt sie sich, bis zu einer Spitze, mit der man sich das Fleisch zwischen den Zähnen herauspulen könnte. Der Schliff ist perfekt und rasiermesserscharf. Ob ich damit das Steak essen soll? Ich bemerke, dass mich andere Gäste beobachten. Eine Frau schaut sogar etwas verängstigt drein und ich erinnere mich, dass Waffen im Land der Freiheit nur beliebt sind, wenn sie im Irak eingesetzt werden oder in der Nachttischschublade liegen. Nicht aber in einem Steak House.

Also drücke ich den Mechanismus am unteren Ende des Taschenmessers um die Feststellklinge wieder schliessen zu können. Ein wirklich schönes Jagdmesser. Vielleicht sollte ich es als Erinnerung an Rob doch behalten.

„Ihr Ceasers Salad Sir." Der schwule Kellner stellt mir einen Salat hin, der für zwei reicht.

„Könnte ich noch etwas Brot haben Sir?" Jetzt fange ich auch schon mit dem ‚Sir' an.

Es ist ein halber Eisbergsalat, der einfach in zwei Vierteln auf dem Teller liegt und mit Ceasers Dressing ersäuft wurde. Darüber massig Speckwürfel. Peter Ustinov kommt mir in den Sinn, wie er einmal so schön beschrieb, dass der Moment mit hungrigem Bauch vor dem ersten Bissen besser sei als Sex. Er hat recht. Da fällt mir ein, dass er ja ‚Sir' Peter Ustinov hiess. Ich muss schmunzeln, obwohl es sich dabei ja um das adelige ‚Sir' handelte. Nach dem Salat und der Scheibe Brot, mit der ich genüsslich die restliche Sauce auftunke, fühle ich mich schon wesentlich besser. Ich beginne unter dem Tisch, geschützt vor fremden Blicken, mit dem Messer zu spielen. Wenn ich es in der rechten Hand halte, kann ich die Klinge mit Daumen und Zeigefinger leicht öffnen. Mit etwas Geschick gelingt es mir sogar, die Klinge mit dem Daumen ganz aufzuschnippen. Ich wiederhole das Spielchen, bis ich das

Messer fast so schnell wie ein federgetriebenes Stellmesser öffnen kann.

„Einmal Porterhouse nach Art des Chefs."

Ich lasse mein Jagdmesser mit zwei Fingern in die Hosentasche gleiten. Das Steak füllt den Teller locker zur Hälfte und ist beinahe drei Finger dick! Die Kruste ist fast schwarz. Ich schneide es mit dem Steakmesser an. Mit einem leichten Ruck bin ich durch die Kruste. Durch den Rest fällt das Messer förmlich hindurch, so zart ist das Fleisch. Der Saft des fein gemaserten Fleischs läuft auf den Teller. Was für ein Fest, als es mir im Mund zergeht. Meine Zähne spüren kaum Widerstand und der herrliche Duft von erstklassigem Rindfleisch, das so lange wie möglich gelagert wurde, verströmt sich in meinem Gaumen. Ich bestelle mir sofort eine Flasche besten kalifornischen Weins dazu. Das Bier lasse ich stehen.

Jeder Bissen ist eine Offenbarung. Nach zwanzig Minuten habe ich die Portion genüsslich verdrückt. Ich lehne mich glücklich, und vom Wein angenehm benebelt, zurück. Die Flasche ist fast leer. Jetzt einen kleinen Joint bei etwas Mozart und der Abend wäre perfekt. Schade, dass ich mit fünf Jahren liebevoller Betreuung beim Duschen in Sing Sing rechnen muss, wenn ich mir hier einen Joint drehen würde. Also Kreditkarte belasten und raus.

Die Stadt liegt bereits im Dunkeln, aber es ist angenehm lau. Die Strassen sind immer noch voller Hektik, als ich mir noch etwas die Beine vertrete. Ich schlendere gemütlich Richtung Down Town. Nach einigen Blocks entfliehe ich dem Lärm in eine etwas ruhigere Seitenstrasse. Hier stehen sogar kleine Bäume verloren im Asphalt. Dazwischen stehen junge Damen in Hot Pants und High Heels. ‚Oh, wie nett' denke ich. ‚Das kömmt ja wie gerufen.'

„Hallo Baby, Lust auf nen guten Blow Job?", macht mich gleich die Erste mit rauchiger Stimme an. Ja schon, aber dein dunkles Timbre gefällt mir nicht. Mal die restliche Ware begutachten. Bei der vierten funkt es. Geilheit auf den ersten Blick. Ein blonder Heidiverschnitt in kurzem Röckchen und einem durchsichtigen, weissen Hemdchen, das mit einer rosa Schleife zugebunden ist.

„Wie viel von hinten?", frage ich direkt.

„Für dich nur achtzig Mücken", haucht sie. Ich reiche ihr die geforderte Summe.

„Wo gehen wir hin?"

„Komm." Wie ein kleines Mädchen fordert mich die Hure mit dem Zeigefinger neckisch auf, ihr zu folgen. ‚Mein Schwanz folgt dir wohin du willst Baby'. Wir verschwinden in einer Gasse zwischen zwei alten Häusern. Mein steifer Schwanz folgt ihr wie eine Wünschelrute bis sie stehen bleibt.

„Hier Baby." Sie drückt mir ein Kondom in die Hand. „Das darfst Du noch selber machen, den Rest besorge ich dir."

Oh, für den Preis hatte ich mir wenigstens ein Dach über dem Kopf vorgestellt. Aber was soll's, mit einer Flasche Wein im Blut fickt sich's überall gut. Ich rolle das Ding schnell über meine geile Lanze und sie zieht auch schon ihr Röckchen hoch und bückt sich nach vorne gegen die Wand. Eine herrlich feuchte Muschi präsentiert sich mir. Ohne zu zögern dringe ich in sie ein und fange an, sie richtig schön von hinten zu vögeln. Meine Beine klatschen rhythmisch an ihre kleinen Pobacken. Im gleichen Rhythmus stöhne ich Wagners Walkürenritt. Sie stöhnt laut, was mich noch geiler macht. Ich bin kurz davor zu kommen und stöhne mit ihr im Duett.

„Polizei! Niemand bewegt sich! Hände an die Wand!" Mein Grosshirn befindet sich aber gerade auf Kurzurlaub und mein geiles Kleinhirn kann nicht hören. Während Heidi sich nicht bewegt und die Hände eh schon an der Wand hat, stosse ich noch drei Mal kräftig zu und spritze wohlig ab.

„Du verdammte Sau, hörst du nicht was ich sage? Auf den Boden! Hände auf den Rücken!" Unsanft lande ich mit offener Hose und dem Gesicht auf dem feuchten Teer. Ich sehe Heidi direkt unters schlüpferfreie Röckchen und muss grinsen, bis mir der Bulle brutal ins Kreuz steigt und mir angestrengt meine Rechte herunterbetet, während er mir die Hände mit einem Kabelbinder auf dem Rücken zusammenbindet. Super Pit. Jetzt geht's ab nach Sing Sing. Ich kann den Knüppel in meinem Arsch schon fühlen!

„Sie sind festgenommen wegen Erregung öffentlichen Ärgernisses und Widerstand gegen die Staatsgewalt."

„Was?", stammle ich.

„Sie haben das Recht zu schweigen. Alles was sie sagen, kann vor Gericht gegen sie verwendet werden." Er sagt noch irgendetwas von wegen einem Anwalt, oder was von einem Strafverteidiger.

„Haben sie verstanden was ich ihnen gesagt habe?"

„Nein! Was soll das? Ich habe doch bloss die Kleine gevögelt!"

Die Scheinwerfer des heranrollenden Polizeiwagens blenden mich und ich erschrecke, als er vor uns anhält und die Sirene einmal kurz aufheulen lässt. Diesmal gilt die Sirene mir.

„Komm jetzt du verfluchtes Arschloch, rein mit dir." Der Cop schiebt mich in den Wagen und schon brausen wir davon. Ich bin nicht angegurtet und kann mich nicht halten. Als der Wagen über den Bordstein auf die Strasse biegt, knalle ich mit der Stirn an die linke Scheibe und falle beim Beschleunigen auf die Sitzbank zurück. Eine Achterbahnfahrt.

Sing Sing, der Wein, das grosse Porterhouse, der Stress – ich übergebe mich in zwei dicken Schwällen auf den Fussboden des Polizeiwagens. Dieser stoppt abrupt, so dass in den Fussraum und mein halbverdautes Steak mit dem vormals vorzüglichen Wein rutsche. Die Tür fliegt auf.

„Du verficktes Arschloch hast mir in die Karre gekotzt! Dir werd ich's zeigen!" Er drück mein Gesicht tief in mein Erbrochenes. Ich habe null Chance mich zu wehren. Eingeklemmt im Fussraum, die Hände auf dem Rücken, tritt er mir in den Hintern. Es fühlt sich an, als ob er mir seinen Stiefel bis zum Schaft in den Arsch gerammt hat. Die Tür knallt zu. Ich gebe noch einen letzten Schwall von mir. Begleitet von Sirenenstössen fahren wir in einem Höllentempo zum Polizeirevier.

„Wagen achtzehn wir haben eine zweiundachtzig, vierhundertfünfzehn mit hundertachtundvierzig. Ankunft in fünf Minuten!" Brüllt einer ins Mikro. Ich bin unten, ganz unten und werde fast ohnmächtig.

„Raus mit dir Arschloch!" Der eine Cop reisst mich an meinen Kleidern rückwärts aus dem Fond. Ich stolpere, weil ich nicht sehe wo ich hintrete, der Cop fängt mich auf.

„Mann du verfickter Hurensohn, jetzt habe ich deine Kotze auch noch auf meiner Uniform!" Er stösst mich angewidert ins Revier.

„Hinsetzen Arschloch!" Meine Beine sind unsicher und ich bin froh, mich setzen zu dürfen. Ein Stück meines Abendessens hat sich in meiner Nase festgesetzt. Beim Versuch es Raufzuziehen, bleibt es mir weiter unten im Hals hängen. Ich muss husten und das Stück landet in meinem Mund.

„Kotz mir bloss nicht noch auf den Boden Arschloch!" Herrscht mich der Cop an. Aus Angst das er vollends ausflippt, schlucke ich es runter. Jetzt wo meine Nase frei ist, rieche ich meinen Atem und das verschmierte Erbrochene auf meinen Kleidern. Der andere Cop verfasst bereits den Bericht.

„Hey Arschloch – Dein Name?"

„Peter Brad."

„Hast Du gehört Bill? Wir haben Brad Pit festgenommen!" Er lacht schallend.

„Wohnort?"

„Ich wohne in einem Hotel in Manhattan. Ich bin Schweizer. Ich fliege morgen zurück nach Hause." Ich merke selber, dass das wohl eher Wunschdenken ist.

„Das entscheidet morgen der Richter! Wie heisst das Hotel?"

„Weiss nicht." Der Name fällt mir nicht mehr ein.

„Komm mach jetzt nicht auf Dumpfbacke. Wie heisst das Hotel?"

„Moment, es fällt mir gleich ein. – Benedikt Memorial." Fällt mir ein.

„Mann! Verarschen kann ich mich selber. Das Benedikt Memorial ist ein Krankenhaus du Blödmann!"

„Ja Entschuldigung! Ich habe es verwechselt. Moment. M-, es beginnt mit M." Ich zittere.

„Hotel Muschi?" Er lacht so heftig über seinen eigenen Witz, dass ihm die Tränen kommen.

„Hotel Muschi", wiederholt er mit rotem Kopf.

„Bedford Inn, ich wohne im Bedford Inn!", rufe ich wie ein Schuljunge, der wegen einer falschen Antwort vor der Klasse ausgelacht wird und dem die richtige Antwort zu spät einfällt. Ich muss mich zusammenreissen, das ich nicht anfange zu heulen.

„B-e-d-f-o-r-d-I-n-n", buchstabiert der Cop beim tippen, immer noch kichernd.

„Können sie sich ausweisen?" Ich deute an, dass ich mit den gefesselten Händen nicht an meine Brieftasche komme.

„Phil, mach ihm mal das Band ab." Sein Kollege schneidet den Kabelbinder mit einer Schere auf. Das Gefühl an meinen Handgelenken kommt mir bekannt vor. Ich strecke ihm vorsichtig meine Identitätskarte hin. Nicht, dass er noch meint ich wolle ihn angreifen. Wer weiss zu was die hier sonst noch fähig sind.

„Meine Schweizer Identitätskarte. Meinen Pass habe ich im Hotel abgegeben. Sir."

„Ich weiss was das ist, Arschloch." Er schaut sich die Karte von vorne und hinten genau an.

„So eine hatten wir doch kürzlich schon mal. - Klar der schwule Schweizer, den wir im Park zusammengeklaubt haben. Phil, wie hiess der schwule Schweizer letzte Woche noch mal?", schreit er durchs Revier.

„Rob, Robert Brad. Das war mein Bruder. Ich habe ihn heute identifiziert. Es war mein Bruder Robert Brad."

„Oh, ein Unglück kommt selten allein. Ihr seid mir ja eine schöne Sippe. Tut mir leid Mann, aber den Richter können wir dir nicht ersparen. Na du kriegst dafür eine schöne Einzelzelle für die Nacht. Aber erst gibst du uns noch schön deine Fingerabdrücke und ein Passfoto."

Ich bekomme tatsächlich eine Einzelzelle. Unrasiert, verschwitzt, mit halb eingetrockneter Kotze an den Kleidern und leerem Magen sacke ich auf die Pritsche. Ich rolle meine Jacke zum Kopfkissen und ziehe die Decke über mich. Na, ja jetzt ziehe ich wenigstens mit Hugh Grant gleich. Tiefer kann ich nicht sinken. Es kann nur noch aufwärts gehen. Es kann nur noch aufwärts gehen, Nathalie. Mit einem Gefühl zwischen wehrloser Ohnmacht und Übelkeit schlafe ich ein.

„Aufwachen!" Es poltert laut gegen die Zellentür. Ein leichter Adrenalinstoss macht mich sofort hell wach. Wo bin ich? Ach, doch nicht nur geträumt. Es ist war. Ich bin hier. Hier in einem New Yorker Gefängnis. Ich setze mich auf. Scheisse man, wie ich aussehe. Die Kotze ist zu stinkenden Flecken eingetrocknet. Eine Dusche und frische Kleider wären dringend nötig. Ein Fensterchen in der Zellentür öffnet sich. Jemand schiebt ein Tablett hindurch. Ich stehe auf. Niemand zu sehen. Der Wagen mit dem Frühstück ist schon bei der nächsten Zelle. Ich sehe auf das Tablett. Zwei Scheiben Toast, ein Teller mit Rührei und Speck und ein grosser heisser Kaffe stehen darauf.

„Hallo? Wie wär's mit einem frischen Croissant und einem Espresso?", rufe ich zum Spass durchs Fenster.

„Sicher Man! Ich frage gleich beim Polizeichef nach!", ruft der Unbekannte amüsiert zurück. Selten hat mir ein Frühstück so gut geschmeckt. Sogar der wässrige Kaffee wärmt meinen Magen angenehm. Ich habe Kopfschmerzen und es ist die zweite Nacht, seit ich mein zu Hause verlassen habe, die ich in Gefangenschaft verbringe. Oh du gelobtes, freies Land wohin hast du es gebracht? Wenn ich hier raus bin, werde ich es euch heimzahlen. Ich werde die Sache Publik machen und in Fernsehshows auftreten. Nicht diese unsäglichen Shows mit den Hohlköpfen. Ich werde mich nicht zum Gespött machen. Nein, an die ganz grosse Glocke werde ich das hängen. Das werdet ihr mir alle noch büssen! Ihr werdet euch alle noch wünschen, dass ihr nicht geboren wurdet. Eigentlich, dass ich nicht geboren wurde. Denn ich werde euch so in die Eier treten, dass ihr es nie vergessen werdet.

„Peter Brad?", spricht das Fenster. Ich sehe nur einen dieser typischen, amerikanischen Poilzeihüte. Der Kerl hinter der Tür ist höchstens einsfünfzig.

„Ja, ich bin noch hier", antworte ich. Die Tür öffnet sich. Nicht der Hut, sondern ein gut gekleideter Jüngling tritt in meine Zelle. Er hat italienische Züge, trägt einen hellbeigen Anzug, weisses Hemd, dunkle Krawatte und braune, sauber geputzte Schuhe.

„Hi mein Name ist Pietro Sansone. Ich bin ihr Pflichtverteidiger." Er könnte mein Sohn sein. Er ist wohl nur knapp über zwanzig Jahre alt.

„Mister Brad, wir haben wenig Zeit. Sie sind angeklagt wegen Erregung öffentlichen Ärgernisses und Widerstand gegen die Staatsgewalt. Sie sind nicht vorbestraft, also kommen wir vermutlich mit einer Busse davon. Ich will, dass sie mir in kurzen Worten schildern, was gestern Abend passiert ist." Er hat sich hingesetzt. Die knappen Unterlagen hat er auf seiner Aktentasche auf seinen Knien.

„Hi Mister Sansone. Haben Sie da den Polizeibereicht?"

„Ja hier." Er reicht ihn mir. Das hatte ich mir schon gedacht. Von volltrunken, unsittlich und Widerstand bei der Festnahme ist die Rede.

„Nun gut Mister Sansone ich will mich kurz halten. Ich habe gestern meinen toten Bruder im Benedikt Memorial identifiziert. Er wurde in New York erschossen."

„Bitte nur zum Fall."

„Kill und Bill, sorry, die Police Officer Phil und Bill, die mich festgenommen haben, scheinen den Fall zu kennen. Ich hatte in einem Restaurant gut gegessen und dazu eine Flasche Wein konsumiert. Beim Spazieren durch die Strassen, hat mich die Heidi-Nutte angequatscht. Sie bot mir an, sich für achtzig Mäuse von hinten vögeln zu lassen. Mir war danach, also habe ich das Angebot gerne angenommen. Als ich gerade gekommen war, riss mich ein Officer sehr unsanft zu Boden. Dass er sich vorgestellt hat, oder sonst was gesagt haben soll, habe ich nicht gehört. Was steht hier? ‚Hat meinem Befehl, ‚Keine Bewegung, Hände an die Wand' keine Folge geleistet'. Nein, das habe ich definitiv nicht gehört, aber ich war auch ziemlich angetrunken. Er hat mir aber meine Rechte vorgeplappert, das mit dem Anwalt habe ich aber nicht verstanden. Er hat zwar gefragt, ob ich verstanden hätte, ich habe aber klar gesagt ‚Nein – was soll das? – ich habe doch nur die Frau gevögelt.'"

„Sie haben ‚nein' geantwortet und der hat es ihnen nicht erklärt?"

„Genau, er hat mich dann in seinen Wagen verfrachtet. In den habe ich dann während der Fahrt reingekotzt. Irgendwie habe ich mir noch den Kopf gestossen. Nach dem Kotzen hat er so stark gebremst um anzuhalten, dass ich wieder nach vorne geflogen bin. Er ist ausgestiegen und hat mir mein Gesicht in die Kotze gedrückt. Er war sehr wütend und hat mich dauernd ‚verficktes Arschloch' genannt."

„Haben sie verlangt einen Anruf tätigen zu können?"

„Nein. Ich war froh als die mich in Ruhe gelassen haben."

„Aha." Er schaut auf die Uhr.

„Wir müssen los."

„Wie bitte?"

„Sie haben Glück, wir sind die Ersten vor dem Anhörungsrichter. Ein Police Officer bringt sie ins Gericht. Überlassen sie das Reden mir. Bis gleich." Er steht auf, ruft den Wachmann und verschwindet. Na super! Ein Milchbart will mich vor Gericht raushauen und ich soll die Fresse halten. Bei diesem Gedanken dreht sich mir der Magen. Wenn das bloss gut geht! Eine halbe Stunde später öffnet sich die Tür.

„Peter Brad?"

„Nein Brian von Nazareth."

„Sie sind nicht Peter Brad?" Der Officer schaut ungläubig auf seinen Zettel.

„Doch ich bin Peter Brad. Sorry war nur ein Scherz." Was für ein Trottel.

„Bitte folgen sie mir." Er macht einen Haken auf das Blatt. Vor der Tür stehen noch drei andere Gefangene. Wir folgen gemeinsam dem Officer. Am Ausgang unterschreibt er einen Wisch und wir sind draussen. Das heisst im umzäunten Innenhof, wo ein Gefangenentransporter auf uns wartet. Fehlen nur noch die Fussketten. Wir steigen hinten ein. Die Tür wird verriegelt und unser Officer steigt vorne ein. Wir fahren zehn Meter, dann stoppt der Bus. Das Tor öffnet sich und wir fahren auf die Strasse. Zwei Blocks weiter hält der Bus wieder. Hinter uns steht ein Polizeiwagen.

„Jetzt bekommen wir eine Busse wegen zu schnellem Fahren", sage ich zu meinen schwarzen Freunden. Einer lächelt, die anderen zwei verziehen keine Miene. Die Tür wird geöffnet. Jetzt nur keine Befreiungsaktion! Draussen stehen fünf Officer. Für jeden von uns einer plus einer mit Knarre, der aufpasst. Die vier ohne Knarre kommen rein und jeder schnappt sich einen von uns.

„Keine Mätzchen Jungs! Aussteigen!" Ruft der mit der Knarre. Pärchenweise, wie im Kindergarten, gehen wir ins Gerichtsgebäude. Im Innern steht der Gerichtsdiener vor der Tür zum Gericht. Er liest nochmals unsere Namen von der Liste. Diesmal verzichte ich auf ein Witzchen. Ich warte darauf, dass er sagt ‚Jeder nur ein Kreuz.' Ich verkneife mir ein Grinsen.

„Bitte setzen sie sich. Ich werde sie aufrufen." Wir setzen uns alle schön in eine Reihe. Etwa eine Viertel Stunde später erscheint mein Pflichtverteidiger. Aber er kommt nicht zu mir sondern spricht erst mit den Anderen, die neben mir sitzen. Toll, er verteidigt uns alle. Wenn er bloss keinen Mist baut!

„Mister Brad, alles klar?", spricht er schliesslich mich an.

„Geht so. Wie stehen meine Chancen?"

„Lassen sie mich nur machen, wenn's klappt, sind sie in einer halben Stunde draussen."

„Und wenn's nicht klappt?"

„Peter Brad. Treten sie vor das ehrenwerte Gericht." Der Diener ruft mich auf. Mein Officer steht mit mir auf und begleitet mich bis zum Diener. Der geht in den kleinen Saal und ich folge ihm, unsicher was ich tun soll. Er zeigt mir einen Platz in der vordersten Reihe. Die Anklagebank. Der Richter, ein gemütlicher alter Mann, richtet das Wort an mich.

„Peter Brad?"

„Ja eure - Hoheit." Antworte ich. Der Richter weiss nicht wie er reagieren soll. Er sieht verwirrt auf seine Unterlagen. Mein Pflichtverteidiger bemerkt meinen Lapsus.

„Das heisst Euer Ehren", zischt er leise zu mir rüber.

„Entschuldigung – Euer Ehren." Der Richter wiederholt die Anklagepunkte und liest den kurzen Polizeibericht vor.

„Mister Brad, haben sie dem etwas beizufügen?"

„Mein Mandant sieht die Sachlage aus einer etwas anderen Sicht", schneidet mir mein Pflichtverteidiger das Wort ab, noch bevor ich die erste Silbe über die Lippen gebracht habe.

„Mister Brad ist Schweizer und musste gestern seinen erschossenen Bruder im Leichenschauhaus identifizieren."

„Was hat das mit dem Fall zu tun?", ermahnt ihn der Richter.

„Entschuldigen sie Euer Ehren. Es beschreibt lediglich die Umstände von Mister Brads Anwesenheit in der Stadt. Nach der äusserst aufwühlenden Identifikation seines geliebten Bruders, hat sich Mister Brad bei einem gutbürgerlichem Abendessen mit einer Flasche Wein getröstet. Dafür hat wohl jeder hier Verständnis."

„Kommen sie auf den Punkt. Wir haben hier nicht den ganzen Tag Zeit!", ermahnt ihn der Richter erneut.

„Bei allem Respekt Euer Ehren. Ich rede noch keine zwei Minuten."

„Mein Sohn, das ist mein Gericht und wer hier wie lange redet bestimme alleine ich. Ist das klar?" Euer Ehren ist gar nicht *amused*.

„Ja, Euer Ehren." Mein Verteidiger knickt ein.

„Gut es ist ihr erster Fall, also will ich noch mal ein Auge zudrücken. Fahren sie weiter und kommen sie auf den Punkt."

Sein erster Fall? Oh Gott, ich lande in Guantànamo. Sie werden mich foltern, vergessen und an die Haie verfüttern – nachdem ihnen wieder eingefallen ist, dass sie mich vergessen hatten.

„Danke Euer Ehren. Wo war ich stehen geblieben?"

„Beim Verständnis für die Flasche Wein", sagt der Richter merklich ungeduldig.

„Danke Euer Ehren. Nun, danach machte mein Mandant einen Spaziergang und wurde durch die Prostituierte, welche sich nicht als solche zu erkennen gab, unsittlich angesprochen. Mister Brad, der von dem Leid und der Flasche Wein unter verminderter Wahrnehmungsfähigkeit der Lage stand und auch nur ein Mann ist, willigte schliesslich ein. Mister Brad wurde durch die Beamten just in dem Moment unterbrochen, als sich der Höhepunkt des Aktes ankündigte. Und ich will niemandem zu nahe treten, aber alle anwesenden Männer in diesem Raum wissen, dass es in diesem Augenblick nur eine einzige Handlungsmöglichkeit gibt, nämlich den Akt zu beenden. Mister Brad hat die Anweisungen der Beamten überhaupt nicht bemerkt. Folglich konnte er deren Anweisungen gar nicht Folge leisten."

„Ich gebe ihnen noch sechzig Sekunden, dann wandert ihr Mandant zurück in die Zelle."

Luigi, oder wie mein Strafverteidiger heisst, schluckt leer. Nimmt seine Notizen zur Hand und liest mit doppelter Geschwindigkeit vor.

„Mister Brad wurde anschliessend unsanft und unter ständigen Beleidigungen festgenommen. Er hat sich nicht gewehrt. Seine Rechte wurden ihm vorgelesen und auf die Frage, ob er verstanden hatte, antwortete er ‚Nein, was soll das?'. Danach wurde er im Polizeiwagen zur Wache gefahren. Während der Fahrt -„

„Moment! Mister Brad, hatten Sie verstanden, was ihnen der Polizeibeamte über ihre Rechte sagte?"

„Mister Brad antw-", setzt Enrico an.

„Halten sie die Klappe, ich fragte Mister Brad. Mister Brad?"

„Nein Euer Ehren, den Teil mit dem Anwalt hatte ich nicht verstanden", antworte ich.

„Und hat sie der Beamte darauf aufgeklärt?"

„Nein Euer Ehen, er hat mich in den Wagen verfrachtet." Peng. Er knallt den Hammer auf das Leder.

„Die Anklage wird wegen Verfahrensfehler eingestellt. Mister Brad, sie können gehen."

„Euer Ehren, ich war noch nicht fertig." Ich glaube das war ein Fehler.

„Mister Sansone! Meine Geduld ist am Ende! Wir verhandeln hier nicht über die Todesstrafe. Noch ein Wort und ich bestrafe sie wegen Missachtung des Gerichts!" Mario packt seine

Sachen ohne ein Wort zu sagen. Gemeinsam verlassen wir den Gerichtssaal.

„Mann war das aufregend! Ich habe meinen ersten Fall gewonnen!", jauchzt Pietro.

„Kann ich jetzt gehen?", frage ich.

„Ja, ich habe sie rausgehauen. Sie sind ein freier Man!"

„Miss Ruth Feingold?", der Gerichtsdiener ruft bereits die Nächste auf. Heidi? Die Nutte, die mir das Ganze eingebrockt hatte, steht von der Bank auf.

„Viel Glück!", wünsche ich ihr. Sie zeigt mir nur den Stinkfinger und folgt Luigi in den Saal.

„Sie schon wieder?!", höre ich noch, bevor sich die Tür schliesst. Ich fürchte Marios zweiter Fall wird nicht so gut ausgehen. Mein persönlicher Officer steht noch da.

„Kann ich jetzt gehen, oder was?", frage ich unbeholfen.

„Nein. Sie kommen zuerst noch mal aufs Revier. Dort werden sie entlassen und erhalten ihre persönlichen Sachen zurück." Die hatte ich ganz vergessen. Ich greife in meine leeren Hosentaschen. Meine Geldbörse und das Taschenmesser - klar.

„Setzen sie sich", befiehlt mir der Officer. Ich gehorche ohne Widerstand.

„Worauf warten wir denn?"

„Bis der Bus für die Rückfahrt wieder voll ist."

„Ich muss aber meinen Flug heute Abend erreichen", erwidere ich. Genau, den hätte ich auch fast vergessen – mein Flug, meine Sachen, das Hotel. Rob! Scheisse ich muss noch tausend Sachen erledigen und soll hier Däumchen drehen?

„Hören Sie Officer. Ich muss heute Abend unbedingt meinen Flug erwischen und ich habe noch andere Dinge zu erledigen! Bitte Sir, helfen sie mir!", flehe ich ihn theatralisch an.

„Mann, setz dich hin und halt die Klappe!", schnauzt er mich an.

„Bitte Sir. Haben sie doch Verständnis. Der Richter hat es so angeordnet, sonst wandere ich ins Gefängnis!" Oh, oh. Ob eine Lüge mich hier rausbringt?

„OK", sagt mein persönlicher Officer und greift zu seinem Funkgerät. Er murmelt etwas hinein und es rauscht zurück. Das wiederholt sich noch drei Mal. Ich verstehe kein Wort davon.

„OK Mann, sie können gehen. Auf der Wache weiss man Bescheid, dass sie ihre Sachen abholen kommen."

„Oh – Danke. War nett sie getroffen zu haben", verabschiede ich mich. Er hat meinen Sarkasmus wohl nicht verstanden, denn er reagiert nicht.

„Ehm hey - welches Revier war es noch gleich?"

„Das Neunte. Ist sechs Strassen weiter, Richtung Norden."

„Danke, bis dann!" Die Floskel „see ya' passt wohl nicht so gut. Egal, ich bin frei!

Ich entscheide mich trotz knapper Zeit zu Fuss zum Revier zu gehen. Die letzten zwei Tage gehen mir durch den Kopf. Eigentlich hätte ich Mitgefühl und Hilfsbereitschaft erwartet. Statt dessen wurde ich im Flugzeug wie ein Terrorist geknebelt und abgeführt, musste mich mit blödsinnigen Sicherheitsregeln auf Polizeirevieren herumschlagen, musste Bemerkungen über meinen schwulen Bruder über mich ergehen lassen und wurde zu guter Letzt wegen einer Lappalie ins Kitchen gesteckt. Wenigstens habe ich den Arschlöchern in die Karre gekotzt. Die stinkt sicher noch zwei Monate lang!

Es ist das gleiche Polizeirevier in dem ich schon die Mittagspause mit Warten verbracht hatte – und O'Spatzenhirn steht auch wieder am *Informationdesk*. Ich schaue auf meine Uhr. Glück gehabt. Diesmal bin ich eine Stunde vor der Mittagspause da.

„Hallo Sir. Ich durfte die letzte Nacht in ihrem Etablissement verbringen und habe meine Sachen liegen lassen. Wo darf ich mich melden?"

„Sir? Wie meinen sie?"

„Ich habe die letzte Nacht hier in der Zelle verbracht und will meine persönlichen Gegenstände wieder haben."

„Ach so." Er sieht mich verdattert an.

„Ihr Name bitte."

„Peter Brad."

„Einen Moment bitte." Er hackt auf seinem alten PC rum. „Ja, bitte melden Sie sich den Flur runter, Büro hundertzwölf."

Ich bedanke mich für die schnelle Auskunft und gehe den Flur runter. Ich muss nicht mal an Gorilla vorbei, der heute auch wieder Dienst tut. Ich klopfe an, aber die Tür hat nur einen Knauf und ist verschlossen.

„Sie müssen hier klingeln", sagt mir ein Officer im Vorbeigehen. Ich klingle und ein Summer öffnet sofort die Tür. Dahinter stehe ich in einem knapp zwei Quadratmeter grossen Raum vor einer gitterverkleideten Durchreiche mit einem grauhaarigen Schwarzen in noch schwärzerer Uniform dahinter.

„Hallo, mein Name ist Peter Brad, ich komme meine persönlichen Sachen holen."

„Ausweis bitte." Ich reiche ihm meine Identitätskarte und erkläre ungefragt was es ist. Natürlich sieht er sich das Ding auch drei Mal von vorne und hinten an, mit dem kleinen Unterschied, dass er mich zwischendurch auch jedes Mal ansieht. Dann tippt auch er meinen Namen ein und verschwindet wortlos nach hinten. Einen kurzen Moment später erscheint er mit einer kleinen Papiertüte, an der eine Karte angeheftet ist.

„Hier unterschreiben", sagt er und hält mir einen grünen Wisch hin. Mit der Unterschrift reicht er mir die Tüte. Ich stecke meine Brieftasche, das Handy und das Taschenmesser ein, mache auf dem Absatz kehrt und bin weg.

Gott habe ich einen Hunger! Ich gehe die Strasse lang weiter, bis ich an einem netten kleinen Restaurant ankomme, wo ich mich draussen hinsetze. Während ich vorzügliche Spaghetti verschlinge, lese ich in der Zeitung, die jemand hat liegen lassen. Der Irakkrieg ist das grosse Thema. Mit Zurückhaltung ist von Fehlern der Regierung die Rede. Man fragt sich, wie lange der Verteidigungsminister, der den Mist gebaut hat, sich noch im Amt halten kann. Aber als langjähriger Weggefährte des Präsidenten kann das noch dauern. Vermutlich wird er beim nächsten Fehltritt des Chefs als Bauernopfer und zur Ablenkung vom eigentlichen Problem verabschiedet. Ich habe Kopfschmerzen und bestelle mir noch eine Koffeinbrühe.

„Kaffee, Latte Macchiato, oder Espresso?", fragt mich die Serviertochter höflich. Espresso!? Ich lasse es auf einen Versuch ankommen und tatsächlich erhalte ich einen waschechten Espresso, mit einer nussbraunen Crema in einer kleinen, dickwandigen Tasse. Köstlich! Nach dem dritten Espresso sind meine Kopfschmerzen verflogen und ich zahle.

Die Reise mit dem Taxi zurück ins Hotel verläuft ereignislos. Irgendwie hätte ich schon erwartet, noch in eine Razzia, oder ähnliches zu kommen, aber ‚ereignislos' trifft es am besten. An der Rezeption werde ich dafür unfreundlich empfangen.

„Sie? Wir wollten sie gerade als Zechpreller der Polizei melden."

„Um Gottes willen, nur das nicht. Hören sie, es tut mir sehr leid, dass ich letzte Nacht nicht hier schlafen konnte. Ich will auch sofort zahlen. Ich will das Land heute Abend verlassen."

„Gut mein Freund, sie haben Glück, ich habe heute gute Laune." Er druckt die Rechnung aus. Sie beläuft sich auf zwei Nächte, obwohl die Polizei eine davon hätte übernehmen sollen. Ich will definitiv keinen Kontakt mehr mit den Bullen und ich will auch nicht wissen, wie der Typ ist, wenn er schlecht drauf ist. Also begleiche ich die Rechnung mit meiner Visa.

„Hier ihre Quittung und ihr Pass Sir. Einen guten Flug dann noch."

Ich sage nichts mehr und verlasse den verdammten Laden. Ich krame die Karte vom Schwager des Pathologen hervor und rufe ihn an.

„Meyers Bestattungsinstitut, mein Name ist Hans, wie kann ich ihnen helfen?"

„Mein Name ist Peter Brad. Ihr Schwager vom Benedikt Memorial hat ihnen den Auftrag gegeben, meinen Bruder Robert Brad auf den Flug nach Zürich heute Abend zu bringen?"

„Ah Mister Brad. Wir haben sie gestern zu erreichen versucht."

Jesus und Maria jetzt bitte keine Probleme mehr!

„Stimmt etwas nicht?"

„Nein, alles klar. Wir wollten ihnen nur sagen, dass sie die Papiere am Schalter der American *tuuut*-lines abholen können." Verdammt die Batterie ist gleich leer.

„Danke Mister Meyer. Ich kann ihnen gar nicht genug danken!"

„Sie können mir danken indem sie die Rechnung pünktlich zahlen Sir."

„Das werde ich ganz bestimmt Mister Meyer. Nochmals tausend *tuuut* Dank. Hören sie, die Batterie meines Handys ist gleich alle. Ich melde mich wieder."

Mist ich muss noch den Flug bestätigen und mein Handy braucht Saft. Es bleibt mir nichts anderes übrig als nochmals ins Hotel zu gehen.

„Guten Tag Sir. Könnte ich vielleicht mein Handy bei Ihnen aufladen? Ich zahle auch für den Strom."

„Haben sie denn ein Ladegerät?"

„Klar in meinem Rucksack." Ich krame es hervor und reiche es zusammen mit meinem Handy rüber.

„Danke, das ist sehr freundlich von ihnen! Ach, könnte ich vielleicht gleich einen Anruf tätigen, während es lädt?"

„Natürlich. Moment bitte." Er reicht mir mein Handy mit dem eingesteckten Ladekabel. Wie nett.

„Super, wissen sie, ich muss dringend meinen Flug bestätigen. Ich fliege heute Abend nach Hause."

Halleluja, auf dem Umschlag der Boardingkarte steht sogar die Nummer. Die Bestätigung läuft problemlos. Ich reiche mein Handy wieder zurück.

„Danke Sir, wirklich sehr nett von ihnen." Bei meinen Worten hält er sich die Hand vor die Nase, als ob er sich kratzen würde. Mein Gott, ich muss stinken wie ein Iltis. Seit meiner Ankunft habe ich gerade einmal die Zähne geputzt und seit meiner Verhaftung weder geduscht, noch frische Kleider gesehen.

„Oh bitte entschuldigen sie Sir. Ich hatte eine sehr anstrengende Nacht." Ich sehe an meinen Hosen mit den Kotzflecken runter.

„Ob sie noch ein Zimmer frei haben, damit ich mich nochmals frisch machen kann? Natürlich bezahle ich dafür." Der Typ sieht mich verunsichert an. Dann findet er die Worte, nach denen er gesucht hat.

„Sicher Sir, ich muss ihnen dafür aber eine Nacht verrechnen."

Das hatte ich mir schon gedacht. Ich akzeptiere sofort. Ich will nur noch sauber werden und den Flug nicht verpassen. Alles andere geht mir am Arsch vorbei.

Die Rasur mache ich wieder ohne Rasierschaum und die Zähne putze ich gründlich mit Wasser und dem kleinen Rest Zahnpasta in der ausgedrückten Tube.

„Aaah", die Dusche ist eine unsägliche Wohltat. Ich stehe im wohlig warmen Strahl und lasse mir immer wieder das Wasser übers Gesicht laufen. Die Reise hat mich echt geschafft. Nach dem Abtrocknen mit dem dünnen Badetuch lege ich mich noch etwas hin, schliesslich bezahle ich die ganze Nacht. Bevor ich noch verschlafe, stelle ich den Hotelwecker. Nicht ohne ihn vorher zu testen. Ich will nichts mehr dem Zufall überlassen. Fortuna hat mich bisher kaum unterstützt. Augen zu und ich bin in Gedanken bei Nathalie. Ich will sie auf jeden Fall wieder sehen. Ich hoffe nur, dass meine Fantasie sie nicht schöner gemacht hat, als sie ist. Nein, bestimmt nicht. Ich stelle mir vor, wie sie hinter mir auf der Harley sitzt und sich fest an mich klammert, so dass ich ihren Kopf und ihren Busen an meinem Rücken spüren kann. Wir fliegen über offene Landstrassen, direkt in den warmen Sonnenuntergang. ‚Bumbumbumbum'. Jemand klopft energisch an meine Tür. Mann, hat man hier eigentlich nie Ruhe? Schlaftrunken öffne ich die Tür. Ein Cop steht mit dem Typen von der Rezeption vor der Tür.

„Guten Tag Sir. Entschuldigen sie bitte die Störung. Uns wurde eine verdächtige Person gemeldet. Können Sie sich bitte ausweisen." Wenigstens scheint der Cop nicht nervös zu sein. Ich suche meinen Pass aus dem Rucksack raus und gebe ihn dem Cop. Er schaut ihn sich gut an und reibt die Seiten mit seinen Fingern.

„Einen Moment bitte." Er dreht sich um und spricht in sein Funkgerät. Es knackt und rauscht. Er stellt Fragen und bekommt unverständliches Quäken zurück. Dann dreht er sich wieder zu mir. „Sir, sie wurden letzte Nacht festgenommen?"

„Siehst Du, ich hab's dir doch gesagt, der Typ ist nicht ganz koscher!", ruft der Typ von der Reception hinter dem Cop hervor. Diese Ratte! Hat mich bei den Bullen angeschwärzt! Mir wird heiss.

„Ja Sir, es war ein dummer Fehler von mir. Das Verfahren wurde aber heute morgen eingestellt."

„Was ist der Zweck ihres Aufenthaltes?"

„Sir, sehen sie hier." Ich greife nochmals in meinen Rucksack und der Cop macht schon breite Beine und bewegt seine Hand in Richtung seiner Knarre! Pit! Jetzt keine Fehler Pit! Kontrolle – behalte die Kontrolle über die Situation.

„Officer, ich will ihnen nur ein Schreiben zeigen." Ich halte den geöffneten Rucksack in seine Richtung. „Sehen sie hier." Vorsichtig nehme ich das Fax heraus. „Das ist die Vorladung auf das neunte Revier. Ich bin hier um meinen toten Bruder zu identifizieren. Ich werde heute Abend mit ihm nach Zürich zurückkehren."

Er sieht sich das Fax an und reicht es mir zurück.

„Gut Sir. Ich will sie dann nicht länger stören. Wünsche guten Flug." Durch die geschlossene Tür höre ich noch wie der Cop die Ratte von der Rezeption zusammenstaucht.

„Man Larry, du solltest wirklich mal zum Doktor!"

„Aber ich sage dir, der Typ kam mir gleich verdäch...." Diese bekackte kleine Scheissratte! Ich sollte der Kakerlake die Luft abdrehen! Ich bin stinkwütend. Nimmt dieser Wahnsinn denn nie ein Ende? Diese Stadt ist voll von irren, paranoiden Weltverbesserern. Ich muss hier weg. Raus. Zurück nach Hause und zwar jetzt! Ich packe meine Sachen. Die verkotzen Kleider schmeisse ich aufs Bett und knalle die Tür hinter mir zu. An der Rezeption hämmere ich mit der Faust auf den Tisch und halte dem Arsch meine Visa hin. Ich stehe nur schnaubend da und sage kein Wort.

„Hier ihr Handy Sir. Vergessen sie die Rechnung. Bon Voyage." Zitternd macht er auch noch auf französisch.

„*Salu troux-de-cul!*" 'Tschüss Arschloch', verabschiede ich mich höflich auf französisch. Ich glaube er hat verstanden.

Die Mitte

Die Fahrt mit dem Taxi zum Flughafen kostet mich noch mal einen Huni. Mit meinem frisch geladenen Handy rufe ich Eric an. Es klingelt lange, ich warte schon auf die Combox.

„Hallo Pit. Mann wie geht es Dir? Machst du gerade den Big Apple unsicher?" Er hat wohl gesehen, dass ich es bin.

„Hallo Eric altes Haus. Nein, ich bin schon am Flughafen. Ich hab die Schnauze voll von dieser Stadt. Du wirst es nicht glauben Mann, die haben mich zwei Mal eingebuchtet. Einmal schon auf dem Flug und das zweite Mal, weil ich eine Nutte auf der Strasse gevögelt habe", sage ich lachend.

„Wie bitte? Sag das noch mal. Du hast eine Nutte mitten auf der Strasse gevögelt? In New York?"

„Ja, Mann, war ne scharfe Braut, aber das erzähl ich dir dann wenn ich endlich wieder zu Hause bin."

„Hat das mit Rob geklappt Pit?"

„Ja, ich glaube schon. Identifiziert hab ich ihn jedenfalls. War kein schöner Anblick sag ich dir. Ich hab ihm noch ein schönes Taschenmesser zum Abschied gekauft."

„Oh, das hätte ihn bestimmt gefreut. Ich soll dir noch einen schönen Gruss von Nathalie ausrichten."

„Von Nathalie? Du hast sie getroffen?", frage ich eifersüchtig.

„Ja, als ich wegen der Befragung mit ihrem Bruder gesprochen habe. Sie arbeitet dort als Krankenschwester."

„Ich weiss, ich habe sie auch dort getroffen."

„Na ja, jedenfalls lässt sie dich grüssen."

„Das sagtest du schon Eric. Also ich werd' dann mal schauen, ob ich Rob erwische. Sonst bleibt der alte Knabe noch in dieser bekackten Stadt hängen."

„Ja tu das. Soll ich dich vom Flughafen abholen?"

„Nö, bin mit dem Motorrad dort. Wie ist das Wetter?"

„Jetzt ist es gerade nicht besonders, aber morgen soll es wieder schön sein. Also bis dann!"

„Tschüss Eric", verabschiede ich mich. So, dann wollen wir doch mal schauen, ob das mit Rob hingehauen hat. Beim Check In stehe ich am Schalter der American Airlines an. Es dauert nur einen Moment, bis ich dran bin.

„Hallo, mein Name ist Pit Brad. Man hat eine Nachricht für mich hinterlegt."

„Ja und ich bin Angelina Jolie und die Nachricht lautet *vergiss es*." Ganz schön schlagfertig die Kleine. Trotz der Anspielung auf meinen Namen muss ich grinsen.

„Nein, sehen sie, *mein* Name *ist* Peter Brad." Ich halte ihr meinen Pass hin. „Eine Nachricht betreffend meinem toten Bruder muss hier abgegeben worden sein. Irgendwelche Überführungspapiere oder so."

Als sie meinen Pass sieht, wird sie rot. Zuerst ein wenig an den Wangen und während sie spricht leuchten schon ihre Ohren. Niedlich.

„Oh entschuldigen sie bitte vielmals Mister Brad. Wissen sie ich werde hier am Schalter öfters von Fremden mit den dümmsten Sprüchen angemacht. Einen Moment, ich sehe sofort nach Mister Brad. – Ja da haben wir's. Ihr Bruder hat bereits eingecheckt, hier sind die Papiere. Oh mein Gott, sie sagten ihr Bruder ist tot? Tut mir schrecklich leid Mister Brad. Der eh – Sarg ist bereits vorbei an der Passkontrolle, ich meine Gepäckkontrolle. Mein Gott, was rede ich für dummes Zeug. Bitte entschuldigen sie." Mittlerweile leuchtet sogar ihr Ausschnitt tief rot und ihr Gesicht droht vor lauter Durchblutung aufzuschwellen.

„Keine Panik, Miss. Halb so wild. Ich bin froh, dass alles klappt. Kann ich gleich bei Ihnen einchecken?" Ich reiche ihr mein Ticket.

„Sicher Mister Brad, natürlich können sie das gerne mit mir tun. Ich meine natürlich *bei mir*, nicht *mit mir*." Sie lächelt verlegen. Kleine Schlampe. Würde mich interessieren, ob sie darauf anspringt.

„Prima und können sie mir vielleicht auch noch sagen, wie sich ein Mann hier noch etwas amüsieren kann, bis der Flug geht? Wann haben sie denn Feierabend?"

„Also ich habe gleich Pause. Wenn sie Lust haben?"

„Worauf?", frage ich, als ob ich nicht wüsste, worum es geht.

„Na, sie wissen schon. Etwas amüsieren. Wir haben nebenan einen Ruheraum. Sehr ruhig, wenn sie wissen was ich meine."

„Nein, was meinen sie denn?" Ich stelle mich doof.

„Na sie wissen doch. Nur sie und ich – im Ruheraum", flüstert sie.

„Ach soo!", flüstere ich. „Sie meinen einen Quickie?" Sie wird wieder rot.

„Ja genau. Also sehen wir uns gleich?" Sie flüstert immer leiser. Hinter mir bildet sich langsam eine Schlange.

„Nein Danke. Ich wurde bereits festgenommen, weil ich auf öffentlichem Grund rumgevögelt habe!", sage ich laut. Den Rest flüstere ich ihr dann direkt ins Ohr um ihr die Peinlichkeit zu ersparen. „Aber besten Dank für das Angebot!"

„Ihre Boarding Card Sir", sagt sie laut. „Schade!", haucht sie mir noch zu, als sie mir das Ticket reicht und dabei mit der anderen Hand flüchtig über meinen Handrücken streichelt. Wäre da nicht der Vorfall in New York gewesen und wäre da nicht Nathalie, ich hätte die Gelegenheit ergriffen die kleine Schnecke nebenan zu vernaschen. Nathalie? Ich kenne sie doch nur flüchtig - aber sie geht mir nicht aus dem Kopf. Ach bin ich froh, bald zu Hause zu sein. Um sicher zu gehen, dass nichts mehr schief läuft, folge ich Rob durch die Passkontrolle. Endlich. Internationales Territorium. Kein Paranoia-Ami der mich noch an die Bullen verpfeifen kann, kein Nazi-Cop, der mir die Rückkehr vermasseln kann. Aber was soll ich denn jetzt die nächsten drei Stunden tun? Ich schlendere an den überteuerten Läden vorbei. Gucci, Cartier, Joop!, Uhren, Schmuck und seidene Krawatten. Nein Danke, nichts für mich. Ah, ein Internet-Café. Bei etwas surfen werde ich die Zeit schon rumkriegen. Im Café sind ein Dutzend Internetanschlüsse eingerichtet. Jeder mit einem eigenen Tisch und zwei Stühlen. Ich setze mich an einen freien Platz. Ein Schild sagt mir, wie ich einsteigen kann und dass der Kunde konsumpflichtig ist. Kein Problem, wenn sie Espresso und frische Croissants haben. Ach so, es herrscht Selbstbedienung. Ich reserviere den Platz mit meinem Rucksack und gehe zur Theke. Keine Croissants. Wenigstens haben sie ausser den fettigen Donuts auch frische Bagels. Ich nehme eins mit Frischkäse und etwas, das wie Lachs aussieht. Ja, es muss Lachs sein, wenn ich den angeschriebenen Preis sehe. Auch kein Espresso. Gut, dann wenigstens einen süssen Milchkaffee. Ich entscheide mich für den Lucky Star mit Karamellgeschmack. Im Augenwinkel sehe ich wie ein braungekleideter Schnurrbart meinen Rucksack mitgehen lässt. Mein Tablett mitsamt dem Lucky Star Karamellgeschmack und dem Lachs Bagel fliegt durch die Luft, als ich zum Spurt ansetze. Der Typ klaut meinen Rucksack!

„Hey!", schreie ich, doch der Typ rennt nicht einmal davon und schon bin ich bei ihm. Wie bei einem Blitzangriff im Football ramme ich ihn mit einer Schulter in den Bauch. Schnurrbart geht wie ein Sack zu Boden und japst stöhnend nach Luft. Eine Frau hinter dem Tresen schreit grell.

„Hab ich dich, du lausiger Affe." Die dunklen Haare verraten seine arabische Abstammung. Ich liege hinter ihm auf dem Boden und sehe seinen Rücken, auf dem aufgestickt steht ‚JFK Internet-Café'. Oh nein. Scheisse. Der Typ arbeitet hier!

„Sir, ist ihnen etwas passiert?" Sofort bücke ich mich über ihn.

„Entschuldigen sie Sir, ich dachte sie wollen meinen Rucksack stehlen. Tut mir echt leid!"

Zu meinem Erstaunen lächelt er mich an. Er bekommt zwar kaum Luft, aber er lächelt mich an.

„Nichts passiert. Alles OK" sagt er in gebrochenem Englisch.

„Was ist hier los Mohamed?", brüllt ein fetter bleicher Kerl, der sich neben uns aufgebaut hat. Sein verschwitztes Hemd und die schlecht gebundene Krawatte outet ihn als den Manager des Cafés.

„Nichts Sir. Ich denke nur jemand hat Sack liegen lassen und will nur aufräumen Sir", sagt Mohamed.

Massa Sir hätte in der Situation wohl besser gepasst. Ich stehe auf. Der Manager ist einen Kopf kleiner als ich. Bestimmt sage ich zu ihm „Sir, er kann nichts dafür. Es war allein meine Schuld. Ich habe meinen Rucksack hier liegen lassen, um mir einen Kaffee zu holen. Ich dachte, ihr Angestellter wolle meinen Rucksack stehlen, und da habe ich überreagiert."

„Kann man wohl sagen!", klefft er frech von unten zurück. Er reisst Mohamed meinen Rucksack aus der Hand und gibt ihn mir.

„Und du räumst den Mist dort drüben weg", bellt er den immer noch am Boden liegenden Schnurrbart an. Der steht wie ein geschlagener Hund auf und tut wie ihm sein Herrchen befohlen hat. ‚Verdammter Nazi!' denke ich. Beschämt gehe ich wieder zur Theke und fülle ein neues Tablett mit einem Lachs Bagel und einem frischen Lucky Star mit Karamellgeschmack. Eigentlich hätte ich jetzt lieber einen dunklen Madagaskar mit Vanille gehabt. An der Kasse gebe ich meinen letzten Fünfzigdollarschein und bekomme vierzig und etwas Hartgeld zurück. Im Vorbeigehen stecke ich dem am Boden knienden Mohamed einen Zehner zu. „Für die Schmerzen." sage ich. Er bedankt sich mit einem freundlichen Kopfnicken.

Mann, noch mal Schwein gehabt. Der Manager hätte meinen Rucksack auch als Bombe melden können. Ich darf gar nicht daran denken. Ich setze mich an meinen Platz. Der Lachsbagle entpuppt sich als fader Schaumgummi, der den kompletten Saft des Frischkäses aufgesogen hat. Der Frischkäse ist entsprechend trocken und der Lachs schmeckt wie Schmierfett, nur farbiger. Ich versuche, den Matsch mit etwas Lucky Star runter zu spülen, aber das Zeug ist wie brauner Zuckersirup mit Sahne. Wobei letztere sich in eine ölige Sauce verwandelt hat. Ich hole mir noch ein Perrier und einen Jack Daniels. Ich schwöre mir, in der Schweiz erst mal eine Woche nur knackigen Salat und echtes Vollkornbrot zu essen. Und Espresso!

Also Computer an und los geht's mit Surfen. Erst mal die eMail checken. Hm, alles nur Spam und Info-Abos. Aha, ein Interessent für meine zweite Sting Ray. Den kontaktier ich zu Hause. Das Spam Mail von „Nathalie" mit dem Link zur Sexsite ist auch noch da. Nein, diese perversen Typen waren mir echt zu hart. Klick und weg.

Der Jack war eine gute Entscheidung. Er brennt zwar das Fett nicht wirklich weg, aber gibt mir im Bauch ein wohliges, warmes Gefühl. Und meine Wahrnehmung ist auch angenehm getrübt, was mir beim Start entgegenkommen wird. Ich hol mir gleich noch einen.

Die restliche Zeit bis zum Abflug verbringe ich auf einer unbequemen Bank – die sind extra unbequem, damit man sich nicht hinlegt – und beobachte die Menschen, die an mir vorbei gehen. Amerikanische Frauen scheinen entweder fett, oder magersüchtig zu sein. Dazwischen sehe ich kaum etwas. Die Männer sind schlecht gekleidet. Ein Pärchen geht vorbei, das garantiert eine Vierersitzreihe für sich alleine gebucht hat. Sie sehen aus wie Jabba the Hut und seine Schwester. Seine Schwester wurde übrigens aus dem Film geschnitten, weil sie zu zweit keinen Platz auf der Kinoleinwand hatten. Unmöglich, deren Ärsche auf zwei Sitze zu platzieren. Mir kommt der Gedanke, dass mein Flug ausgebucht ist und ich zwischen ihnen sitzen muss. Gott behüte! Ich kontrolliere sofort meine Boarding Card. Uff, ich habe Sitz 32a, also irgendwo am Fenster. Höchstens ein Jabba neben mir.

Mein Flug wird zum Boarden aufgerufen. Endlich geht's los. Ich freue mich schon wahnsinnig auf zu Hause! Der arme Rob wird sich im Gepäckraum den Arsch abfrieren. Na wenigstens wird er dann nicht zu stinken anfangen. Irgendwie habe ich mich an den Gedanken gewöhnt, dass Rob tot ist. Die Überzeugung, dass er an einem guten Ort, für gute Menschen gelandet ist, hilft. Vor der Piepmaschine stauen sich die Leute. Die Jabbas sind gerade dabei, sich durch den Metalldetektor zu zwängen. Ich bete zu Gott, dass sie in der Mitte sitzen. Sonst fliegen wir wegen der Seitenlast noch im Kreis, bis uns das Kerosin ausgeht und plumpsen am Ende in den Hudson. Ich bin an der Reihe. Brav lege ich meine Brieftasche, das Handy und Robs Taschenmesser in das bereitliegende Körbchen. Mein Rucksack geht aufs Band und ich durch den Detektor. Nichts! Es fiept nicht es piept nicht, nichts. Ich warte auf mein Körbchen.

„Würden sie bitte zur Seite treten, Sir." Oh nein. Ein Man mit schmalem Clark Gable Schnurrbärtchen streicht erst mit dem Handfieper über meine Kleidung und dann kräftig in den Schritt.

„Würden sie bitte ihre Schuhe ausziehen, Sir?" Mann, die halten mich für den Unabomber. Ich nehme es mit Humor und ziehe brav meine Schuhe aus. Selber schuld. Zweiundachtzig Kilometer New York verströmen ihr Odeur. Schnäuzelchen schaut in meine Schuhe und biegt die Sohle. Dann legt er sie in ein Körbchen und geht auf die andere Seite um sie durch den Röntgenapparat laufen zu lassen. Was für ein herausfordernder und erfüllender Job muss das sein anderer Leute Stinklatschen durch einen Scanner zu schieben. Wenn der erste Terrorist mit Nitroglyzerin getränkten Unterhosen in die Luft geht, sind lange Unterhosen auf Flügen verboten und jeder muss sich von einem Hund an den Eiern riechen lassen, was Hunde eh gerne tun.

„Das können sie leider nicht mit an Bord nehmen Sir." Clark Gable hält mir Robs Taschenmesser unter die Nase.

„Ach", sage ich und spiele den Verwunderten.

„Ein schönes Taschenmesser, Sir", bemerkt er, als er es aufklappt.

„Wenn sie es mitnehmen wollen, müssen sie es hier abgeben." Ich sage nichts und warte auf eine Frage.

„Wollen sie es mitnehmen?" Na also.

„Natürlich, sonst hätte ich es doch nicht gekauft und mitgenommen."

„Gut, geben sie mir bitte ihre Bordkarte." Ich reiche sie ihm. Er notiert sich den Flug. Ich warte. Er fummelt unbeholfen am Taschenmesser rum. Ich warte.

„Wie geht das Ding zu?" Aha, ich wusste, dass diese Frage kommen würde. Wie ein Prophet, dessen Wissen Macht bedeutet, drücke ich auf die Feder, die den Feststellmechanismus freigibt. Er tütet das Ganze ein.

„Sie bekommen es dann in Zürich wieder. Guten Flug, Sir."

Er reicht mir einen Coupon, der mit der Nummer der Tüte übereinstimmt und ich hoffe, das war das letzte Sir, das ich hören muss. Der Stau hinter dem Piepkasten ist länger geworden. Fliegen ist etwas für Menschen, die schnell Reisen wollen und die viel Zeit haben. Heute habe ich nicht einmal Angst vor dem Start. Was soll denn schon passieren? Das Flugzeug könnte ins neunte Revier knallen und ein flammendes Inferno auslösen. Das wäre gar nicht mal so übel. Nur schade, dass ich dann gar nicht das dumme Gesicht von Officer O'Duffy am Infoschalter sehen könnte, wenn wir mit der Boing durch die Vordertür reinknallen. Was soll's. Der nette Pathologe würde jedenfalls feststellen, dass die Familie Jabba am besten gebrannt hat und meine Leber flambiert ist, weil ich kurz vorher noch einen doppelten Jack hatte. Ich folge den Anderen wie ein Lemming. Ich präge mir die Gesichter genau ein, denn wenn wir nach einem Absturz im Meer die ersten wären, die so etwas überlebt haben und auf einer Insel stranden, dann will ich wissen, wer zu uns gehört und wer zu *den Anderen.*

Die Flugbegleiterin sieht meine Bordkarte an und sagt „32a dort vorne links."

Ich finde es eine sehr freundliche Geste, dass einem die Nummer auf der Bordkarte vorgelesen wird. Sicher würden sonst alle ratlos rumstehen und nicht wissen, was zu tun ist. Ich finde die zweiunddreissigste Reihe ganz alleine und setze mich ans Fenster. Ich drehe mich um und – oh nein da kommt sie, die Familie Jabba! Ihre breiten Ärsche streifen ständig an den Aussen- und Innensitzen, während sie sich schnaubend in meine Richtung bewegen. ‚Sitz ab Fettbacke, sitz ab!' Ich kann nicht länger hinsehen. Doch das Stampfen ihrer schweren Schritte wird schon spürbar. Dann stoppt es.

„Ist das hier Platz 32b?" Ich schliesse die Augen. Es schubst mich. „Sir, ist das Platz 32b?" Langsam öffne ich die Augen. Und da steht er – Killer-George!

„George!", rufe ich. Erleichtert, dass es nicht Jabba oder seine Schwester ist.

„Was für eine Freude sie zu sehen!" Jetzt erkennt er mich wieder.

„Brad Pit!" ruft er. Das halbe Flugzeug dreht sich nach uns um.

„Was machen sie denn hier?"

„Was dachten sie denn? Dass ich in Guantànamo an der Sonne sitze und eine Margarita schlürfe?" Er muss lachen und setzt sich neben mich.

„Weshalb den Guantànamo?"

„Na Sie haben mich doch auf dem Hinflug festgenommen!", sage ich, und setze dabei ein speziell nicht nachtragendes Lächeln auf. Ich habe es geahnt, er hatte es vergessen. Aber nun, da ihm das pikante Detail unserer Bekanntschaft wieder präsent ist, weicht jegliche Farbe aus seinem Gesicht. Nur Jabba, der sich gerade vorbeidrückt, hindert ihn daran aufzuspringen.

„Hey ganz locker George. Es war ein dummes Versehen. Ich hatte ihre Kanone gesehen. Jedenfalls hielt ich den Griff ihres Elektroschockers für eine Knarre und habe sie darauf hin bei der Flugbegleiterin als Terroristen verklickert. Die dumme Gans hat mich bloss nicht ernst genommen und dann haben Sie mich schon mit dem Ding niedergestreckt. Schade, die Unterhaltung mit ihnen war bis zu diesem Zeitpunkt eigentlich ganz nett."

Er zeigt nur auf sein Brusthalfter unter der Jacke und hält sich den Zeigefinger an den Mund während er sich vergewissert, dass keiner unsere Unterhaltung mitgekriegt hat.

„Oh sorry George, das war unachtsam von mir."

„Ja, bitte kein Wort mehr darüber. Und sie dachten ich sei ein – na sie wissen schon?"

„Ja Mann. Was hätte ich den tun sollen?"

„Da haben sie auch wieder recht. Mann, dann habe ich sie ja zu unrecht, na sie wissen schon."

„Sag ich doch, aber wenn sie wüssten, was nachher noch alles passiert ist." Familie Jabba quetscht sich derweil vor uns in die zwei leeren Sitze. Diese ächzen unter der tonnenschweren Last. ‚Oje' denke ich, wir werden in das neunte Revier stürzen. Beide Sitze bewegen sich simultan in Richtung von Georges und meinen Knien. Und sie haben noch nicht mal die Sitzlehnen verstellt. Wir sehen uns an und müssen lachen.

„Hey", beginnt er weiter „was ist das eigentlich für ein Gefühl mit dem –"

„Ja ich weiss schon was sie meinen. Na ja, es fühlt sich an, als ob man von einem Nilpferd getreten wird." Ich schiele nach vorn und wir müssen uns beherrschen nicht laut zu lachen. Was für ein Glück. Den Start verpasse ich fast gänzlich während ich mich blendend mit George unterhalte. Er ist eigentlich ein ganz smarter Typ. Arbeitet hauptberuflich bei der Polizei und ist in einer Spezialtruppe für Einsätze gegen Gewalttätige. Ganz genau habe ich es nicht verstanden, weil er sich nie klar ausdrückt, um seine Tarnung als Tiger nicht auffliegen zu lassen. Als die Flughöhe erreicht ist und die Anschnallzeichen erlöschen, lösen Jabba und seine Schwester vor uns die Sitzlehnenverankerung und legen sich auf unsere Knie. George entschuldigt sich und verschwindet nach hinten. Mit einem breiten Grinsen kommt er zurück, eine Flugbegleiterin im Schlepptau.

„Kommen sie. Weiter vorne hat es noch zwei Plätze frei." Er nimmt sein Handgepäck mit.

„Ist das ihrer?" Er reicht mir meinen Rucksack und deutet mir ihm zu folgen. Ich sehe nur volle Plätze. Bis zum Horizont ist kein einziger leerer Platz zu sehen. Andererseits wird uns ja auch niemand unseren Platz wegschnappen wollen, also folge ich ihm bis vor den Vorhang. Er zieht ihn zur Seite und wir stehen in der Business Class. Die Flugbegleiterin schliesst ihn hinter sich und sagt „So, hier ist es bestimmt angenehmer. Einen guten Flug noch meine Herren."

„Was zum Teufel ...."

„Wenn vorne noch genug Platz ist, kann ich den Platz wechseln. Ich habe gesagt du seist ein Kollege von mir. Nimm es als Wiedergutmachung für den Vorfall beim Hinflug." Er reicht mir die Hand. Ich bin echt gerührt.

„Danke George, vergessen und vergeben!" Wir lassen uns in zwei der breiten Ledersofas nieder und ich beginne das Fliegen zu mögen. Eine hübsche Flugbegleiterin kommt sofort zu uns und gibt uns eine Karte.

„Wenn Sie bitte schon das Mittagessen aussuchen würden. Möchten die Herren einen Drink?"

Ich fühle mich wie Alice im Wunderland. George bestellt sich einen Tomatensaft und ich gönne mir einen Single Malt. ‚Herrlich' denke ich ‚fehlt eigentlich nur, dass die Bullaugen grösser sind.'

„Sag mal, du hast aber nicht im Ernst gedacht, dass du nach Guantànamo kommst oder?"

„Nein natürlich nicht, da bringt ihr doch nur echte Terroristen hin." Ich will die gute Laune nicht durch ein politisches Gespräch versauen.

„Schön wär's, weisst du, die halten dort hunderte von Menschen fest ohne Anklage, ohne Beweise nichts." Ich staune nicht schlecht. Da er ähnlich zu denken scheint wie ich, lasse ich mich auf das Thema ein.

„Ja, hab ich auch schon davon gehört. Nicht gerade die feine Art. Schade, dass dadurch das Image der USA ganz schön leidet."

„Ja, nicht wahr? Meine Freunde wollen es mir nie glauben, wenn ich ihnen dass sage. Die haben immer das Gefühl wir würden als Befreier der Welt angesehen. Und wer das nicht so sieht, soll zu Hölle fahren."

„Tja, ich hoffe, du nimmst mir das nicht übel Mann, aber treffender hätte ich es nicht sagen können. Also ich glaube ausserhalb der USA denkt wohl kaum jemand so. Ausser vielleicht der englische Premier Minister, dieser Warmduscher!" Wir lachen.

„Ja, dieser Wichser hat unserem Präsidenten am runden Tisch bestimmt einen guten Job – oder war's unter dem Tisch?" Ich singe nur „The answer my friend, is *blowing* in the White House."

George verschluckt sich beinahe an seinem Tomatensaft und prustet „Pschsch, sonst müssen wir wieder in die eiserne Jungfrau zu den Nilpferden!" Ich muss mich zusammenreissen, um nicht zu laut zu lachen. Tränen kullern über meine Backen.

„Eigentlich ist es zum Heulen was wir diesem Arschloch zu verdanken haben. Das ganze Land geht den Bach runter. Es zählen nur noch leere Versprechungen und das grosse Säbelrasseln. Bei diesem hemdsärmligen Cowboygetue kommt mir fast das Kotzen. Gott weiss, wo das noch enden wird. Du kannst Sicherheit nicht erzwingen. Sieh nur was ich mit dir getan habe. Ich schäme mich dafür Pit, bitte verzeih mir."

„Hey, wovon redest du denn überhaupt? Etwa von dem Hampelmann?" Ich halte mir zwei Finger unter die Nase und die rechte Hand zum Dach gestreckt

„Mission accomplished!"

„Autsch das ist hart", sagt George „aber du hast nicht einmal so unrecht. Das Schwein hat Tausende auf dem Gewissen. Wenn du zu unseren Jungs noch die armen Zivilisten rechnest, dann sind es über eine halbe Million Tote, wusstest du das?"

„Ja, ich habe die Zahl in einem New Yorker Fenster gesehen."

„Mein jüngerer Bruder ist im Irak. Ich bete jeden Tag, dass er heil nach Hause kommt!"

„Ja George, ich kann dich gut verstehen. Ich habe gerade meinen Bruder bei einer Schiesserei in New York verloren. In der Schweiz wäre so etwas undenkbar. Und schon gar nicht, dass man den Fall so schnell abschliesst. Sorry, nichts gegen eure Arbeit, aber das hätte nicht sein dürfen."

„Wie meinst Du das?"

„Na ja, mein Bruder wurde auf offener Strasse von einer Kugel getroffen und weil gerade keiner etwas gesehen oder gehört hat, haben sie den Fall mangels Hinweisen einfach eingestellt. So etwas gibt es bei uns einfach nicht."

„Das tut mir leid, das mit deinem Bruder. Muss schlimm sein."

„Ja das war es zuerst auch. Ich hatte einen Nervenzusammenbruch aber jetzt liegt er unten im Gepäckraum. Wenn du genau hinhörst kannst du ihn schnarchen hören." Ich grinse.

„Mann, das hast du aber gut weggesteckt", meint George.

„Ach weisst du, ich habe einmal gelesen, dass Menschen, die ein schreckliches Erlebnis verdrängen, besser dran sind, als die, die ein Leben lang versuchen mit einem Psychiater das Geschehene zu verarbeiten. Also habe ich mich damit abgefunden. Wenn ich nicht zuviel darüber nachgrüble geht's eigentlich ganz gut."

Zum Glück kommt gerade die Flugbegleiterin und bringt uns unser Essen. Gar nicht übel, was die in der kleinen Küche zaubern. Später sehen wir uns noch den Bordfilm, Casino Royale, an und reden danach noch etwas über Filme. Wie ich, mag er eher lustige Streifen, wie etwa Life of Brian, oder Space Cowboys. Wir reden und lachen noch ausgiebig und die Zeit vergeht im wahrsten Sinne wie im Flug. Kurz vor der Landung tauschen wir noch unsere eMail Adressen aus und verabschieden uns fast wie Freunde.

Ich habe kein Gepäck, also werde ich wohl schnell draussen sein. Heimat, du schöne Heimat. Endlich kein ständiges ‚Sir', ungeniessbaren Kaffee und ständiges Sodbrennen von fettigen Speisen mehr. Fast hätte ich Robs Taschenmesser vergessen. Nur, wo werde ich es zurück bekommen? Mit dem zerknitterten Coupon gehe ich zu einem Schalter, der eigentlich für verlorenes Gepäck bestimmt ist.

„Sie können draussen warten, es wird gleich jemand mit den Sachen aus dem Flugzeug kommen." Versichert man mir. Na gut, dann warte ich eben einen Moment. Die Fluggäste bekommen derweil ihr Gepäck zurück. Auch Familie Jabba holt ihre Zelte ab. Ich meine bei beiden den Abdruck der Sitze an ihren Ärschen erkennen zu können. Der letzte Fluggast hat sein Gepäck vom Band genommen und ich stehe mit drei anderen ratlos da.

„Warten sie auch auf ihre Nagelfeile?", fragt schliesslich eine Dame, die mit mir wartet.

„Ja so ähnlich." Alle haben einen Coupon in der Hand. Da kommt einer mit einer Plastiktüte, er geht aber zum Schalter für die verlorenen Sachen und plaudert mit den Damen. Nach fünf Minuten kommt er auf uns zu.

„Warten sie auf ihre Nagelscheren?"

„Ja, danke für den flotten Service!", sage ich sarkastisch. Wenigstens habe ich Robs Taschenmesser wieder. Rob – shit, den hätte ich doch fast vergessen.

„Moment, können sie mir sagen, wo ich das hier abholen kann?", frage ich den Typ. Er schaut das Zolldokument an und meint „Beim Zoll."

„Ach nein, und wo ist der?" Er nimmt einen Plan des Flughafens heraus und zeigt mir den Weg. Nathalie lächelt mich durch die Scheibe an. Nathalie? Tatsächlich, sie steht hinter der Scheibe, die die Fluggäste von den Abholern trennt und lächelt mich an. Sie trägt eine Ledermontur und hat einen Jethelm in der Hand. Mein Herz klopft wie verrückt vor Freude. Nathalie holt mich vom Flughafen ab! Meine Gefühle schlagen einen Purzelbaum.

„Eh danke", verabschiede ich mich kurz vom Überbringer des Taschenmessers und eile durch die Zollkontrolle.

„Moment bitte", ich bin schon fast am Zöllner vorbei gerannt „würden sie bitte mal herkommen?" Er winkt mich zurück. Mann, für den Flachwichser habe ich jetzt echt keine Geduld. Nathalie steht schon vor der Abschrankung am Ausgang.

„Bitte öffnen sie ihr Gepäck. Keine Koffer?" Ich öffne meinen Rucksack.

„Nein ich war nur für zwei Tage in New York."

„Das ist kurz." Offenbar ist das verdächtig.

„Waren zu verzollen, Geschenke gekauft?"

„Nein ich habe nur meinen toten Bruder abgeholt"

„Gut, einen schönen Tag noch." Gott sei Dank!

„Nathalie, was für eine schöne Überraschung!"

„Hallo Pit." Wir wissen nicht recht, ob wir uns zur Begrüssung küssen sollen. Sie bleibt wie ein kleines Mädchen erwartungsvoll stehen. Ich küsse sie auf beide Wangen. Sie lächelt verlegen.

„Was hast du denn da?" Ich zeige auf ihre linke Schläfe, wo sie einen kleinen roten Kratzer hat, der in einem blauen Fleck endet.

„Ach, hab mich gestossen, sonst nichts. Wie geht es dir Pit?"

„Blendend! Bist du mit dem Motorrad hier?"

„Nein ich habe den Zug genommen. Nimmst du mich mit nach Hause?" Was für eine Frage!

„Natürlich. Ich muss aber erst noch – ach was, das kann ich auch später noch machen."

„Was denn Pit? Sag es ruhig. Ich habe Zeit."

„Na ich müsste eigentlich noch Rob abholen, aber jetzt, wo du da bist, ist der Sozius ja eh besetzt."

„Was, Rob lebt?"

„Nein, war nur ein kleiner Scherz. Er liegt im Sarg. Ich glaube nicht, dass er es eilig hat. Ich muss eh noch den Transport und alles organisieren. Komm, lass uns gehen." Nebeneinander gehen wir zum Parkhaus, wo meine Harley geduldig auf mich gewartet hat.

„Bist du schon einmal Sozius gefahren?", frage ich Nathalie.

„Nein, muss ich etwas wissen?"

„Nicht viel. Halte dich einfach gut an mir fest und gehe in den Kurven schön mit. Hast du Lust auf eine Fahrt über Land? Macht eigentlich viel mehr Spass."

„Klar, wenn du magst. Ich bin dabei!" Wieder setzt sie dieses umwerfende Lächeln auf.

„Warte mit aufsteigen bis der Motor läuft. Nimmst du meinen Rucksack?" Ich reiche Ihr meinen Rucksack.

„Sicher!"

Kick, kurzer Gasstoss ‚Wrummmhblobloblo' ‚Es geht eben nichts über eine gute Wartung, dann klappt's auch mit der Nachbarin', denke ich für mich. Nathalie steigt auf und schlingt beide Arme um mich. Ich spüre den Druck ihrer vollen Brüste im Rücken. Glücklich werfe ich den ersten Gang rein und fahre vorsichtig los. Nathalie verstärkt den Druck und hält mich noch fester. Ich könnte singen vor Freude.

Wie in einem Traum fliegen wir über Landstrassen. Die Mittagssonne wärmt uns angenehm.

„Alles klar?", rufe ich nach hinten.

„Was hast du gesagt?", ruft sie nach vorn.

‚Ich liebe dich!', denke ich. „Ist alles klar da hinten?" Ich schaue kurz zurück.

„Ja super! Macht riesen Spass!" Das Glück steht ihr ins Gesicht geschrieben. Ich nehme die nächsten Kurven etwas zügiger und beim Herausbeschleunigen höre ich Nathalie jeweils nur „Whuuuuhuuu!" jauchzen. Was für ein herrlicher Spass. Eine so schöne Ausfahrt hatte ich nicht mehr seit – seit ich mit Elena vor Jahren das letzte Mal unterwegs war. Ich bin so glücklich – und so verknallt. Nach einer guten Stunde kommen wir bei mir zu Hause an.

„Boa, das war super. Danke fürs Mitnehmen!", meint Nathalie.

„Magst du noch kurz raufkommen?"

„Klar, einen Drink könnte ich jetzt schon vertragen."

Im Wohnzimmer ist es etwas muffig. Ich öffne zwei Fenster um frische Luft rein zu lassen.

„Was trinkst du denn gerne?"

„White Russian. Hast du das?"

„Klar Dude!"

„Ach, den Film kennst du?"

„Klar, hab ihn auf DVD. Ein Klassiker."

„Den müssen wir mal zusammen anschauen." Meint sie ganz selbstverständlich.

„Ja, das wäre schön."

Ich mixe ihr den White Russian, zum Glück habe ich neben Kahlua und Wodka auch noch eine UP-Milch im Kühlfach. Ich genehmige mir zur Feier des Tages einen zwanzigjährigen Single Malt.

„Oh dör Hörr hat Stil", lacht sie.

„Ja, man tut was man kann." Wir stossen an und sie streicht mir dabei zärtlich über die Wange.

„Du bist gar kein übler Kerl", sagt sie sanft.

„Und du, du bist einfach – umwerfend." Ich küsse sie auf ihren vollen Mund. Ihre Lippen sind zart wie Rosenblätter. Der Geschmack macht mich augenblicklich süchtig.

„Oh", sagt sie leise. „Küssen kann er auch noch. Was haben sie denn sonst noch für Überraschungen in Petto?"

„Lass dich überraschen. Jetzt brauche ich jedenfalls erst mal eine anständige Dusche. Stört es dich, wenn ich...?"

„Nein, mach nur."

„Hier, du kannst etwas Musik hören wenn du möchtest." Ich reiche ihr die Fernbedienung.

„Dort drüben sind die CD's."

Unter der Dusche geniesse ich das stetige, warme Wasser. Ich wasche mich zwei mal mit Seife um sicher zu gehen, dass ich nicht mehr nach Kotze rieche. Ich reibe mich trocken und putz mir endlich wieder anständig die Zähne. Mist, ich habe keine sauberen Kleider mit ins Badezimmer genommen. Hoffentlich versteht Nathalie das nicht falsch. Ich öffne die Badezimmertür und stolpere fast über meine Kleider.

„Ich hab dir ein paar Kleider rausgelegt", ruft Nathalie aus der Kochecke. Es duftet nach angebratenen Zwiebeln und Speck. „Ich mach uns Carbonara. Du musst hungrig sein. Ich hab jedenfalls einen Bärenhunger."

Was für ein Schatz. Sie benimmt sich wie zu Hause, ohne aufdringlich zu sein. Ganz natürlich. Ich ziehe mich schnell an. Sie hat mir Kleider rausgelegt, die ich schon lange nicht mehr getragen habe. Dunkelbraune Jeans und ein graues, altes T-Shirt. Als ich zu ihr in die Küche trete, kann ich nicht widerstehen und küsse sie auf den Nacken. Ihr Hals ist fein wie Samt und die kleinen Nackenhaare kräuseln sich kurz auf, als meine Lippen sie berühren.

„Hey, machen sie das immer mit ihrer Köchin?", witzelt sie.

„Nein nicht immer, aber immer öfter", antworte ich.

„So, so. Du kannst schon mal den Tisch decken."

Ich gehorche. Ich würde einfach alles für sie tun.

„Mach mal den Mund auf." Ich koste von ihrer Carbonara. Sie hat viel Parmesan reingetan, was ihr einen kräftigen Geschmack gibt.

„Hm, ausgezeichnet! Möchtest du etwas Wein dazu?"

„Ja gerne. Ich hab keinen gefunden."

„Der steht im Keller, damit er nicht zu warm hat. Ich hol uns eine Flasche." Ich komme mit einem sizilianischen Wein zurück. Eine Mischung aus Shiraz, Cabernet und Nero d'Avola. Sie hat uns bereits die Teller gefüllt und zwei Kerzen angezündet. Ich fülle die Gläser und wir stossen an.

„Auf dich", sage ich spontan.

„Auf uns und unseren schönen Tag", sagt sie treffender. Wir geniessen die Spaghetti und den Wein, der gerade die richtige Temperatur hat.

„Ich muss dir noch etwas sagen Pit."

„Was denn Nathalie?" Das klingt nicht gut.

„Ich habe einen Freund."

„Ach!" Ich setze mein Glas unsanft auf den Tisch.

„Lass es mich dir erklären Pit."

„Bitte."

„Er, nein, es ist eigentlich schon lange aus zwischen uns."

„Aber du hast es ihm noch nicht gesagt, stimmt's?"

„Genau."

„Und warum zögerst du?"

„Ach, das ist eine lange Geschichte", wiegelt sie ab.

„Scheiss lange Geschichte! Was soll das?"

„Nun brause doch nicht gleich so auf", versucht sie mich zu bremsen.

„Raus mit der Sprache. Ich will es wissen. Was soll den der ganze Scheiss hier?" Ich bin stinke sauer.

„Ich hänge noch in einer kaputten Beziehung und ich will sie nicht beenden indem ich fremd gehe."

„Oh, habe ich etwas verpasst? Haben wir eben gevögelt?"

„Nun werd nicht noch sarkastisch. Ich will nur ehrlich mit dir sein."

„Verdammt Nathalie, ich sag dir auch mal was Ehrliches. Ich möchte dich, ich meine – Scheisse – ich bin verrückt nach dir. Wenn du mich anlächelst, spielt mein Verstand verrückt. Ich will deine Brüste küssen und geilen Sex mit dir haben. Nicht nur Motorradfahren und Spaghetti essen." Sie bückt sich über den Tisch und küsst mich liebevoll.

„Ich glaube, dagegen ist nichts einzuwenden."

„Du treibst mich noch in den Wahnsinn. Also, wer ist der Kerl? Schlägt er dich? Was ist denn mit dem blauen Fleck da an deinem Hals?"

„Du willst es aber wissen", sagt sie mahnend.

„Scheisse Mann, du hast recht. Nein – doch, ich will es wissen."

„Du hast recht, es war natürlich kein Unfall. Mike, mein Noch-Freund, hat mir einen Schlüsselbund an den Kopf geworfen." Sie sieht, wie ich augenblicklich aufbrause. „Bitte, raste nicht gleich aus Pit. Ich war auch nicht sehr nett zu ihm."

Ich versuche mich zu beherrschen. „Willst du damit etwa sagen, du hättest es verdient?"

„Na ja, er gibt sich wirklich alle Mühe, aber irgendwie ist die Liebe erloschen. Er hatte mir wieder einmal ein Geschenk gemacht und ich konnte mich einfach nicht darüber freuen. Da ist er ausgeflippt. Wir haben uns gestritten. Beim Hinausgehen hat er meinen Schlüsselbund vom Schloss abgezogen und ihn mir nachgeworfen. Es war ein dummer Zufall, dass ich ihn nicht kommen sah und er mich genau im Gesicht getroffen hat."

„Schläft ihr noch miteinander?"

„Tu dir das nicht an Pit. Das willst du nicht wissen."

„Also tut ihr es noch!" Es trifft mich tief, dass diese wundervolle Frau von einem Mann zum Sex gezwungen wird.

„Ja, das ist noch das Beste an der Beziehung." *Das* trifft mich wie ein Dolch mitten ins Herz. Ich fühle mich gekränkt.

„Pit, es hat mit Liebe nichts mehr zu tun. Es ist nur Sex, sonst nichts."

„Hör zu Nathalie, ich bin auch kein Mönch, aber sicher verstehst du, dass ich dich nicht mit so einem Arschl- mit jemand anderem teilen will. Ich begehre dich mehr, als alles andere in der Welt. Entscheide dich, er oder ich."

„Pit, ich weiss was ich will und was ich nicht mehr will. Besitzergreifende Typen gehören zu letzterer Gruppe."

„OK Nathalie. Wenn es zwischen uns etwas werden soll, musst du mit ihm Schluss machen. Ich bin nicht sehr eifersüchtig. Wenn die Beziehung gut ist, habe ich gegen flirten und so keine Einwände, aber beim Sex hört es auf. Da bin ich vielleicht altmodisch, aber mit freiem Sex kann ich nicht leben."

„Siehst Du. Ich denke genau so. Ich meinte eigentlich nicht besitzergreifend, sondern übertrieben eifersüchtig. Lass mir etwas Zeit, die Dinge mit Anstand in Ordnung zu bringen."

„Aber wenn er dich noch einmal verletzt, kann er was erleben!"

„Danke, dass du mich beschützen willst, aber ich bin ein grosses Mädchen und kriege das schon alleine hin. Bitte unternimm nichts Unüberlegtes. Alles wird gut. Vertrau mir." Sie setzt ihr Lächeln auf und ich kann nicht anders, als ihr zu glauben.

„OK lassen wir's für heute gut sein. Magst du einen Film schauen? Ich räume ab und du suchst dir eine DVD raus."

„Das ist eine tolle Idee!" Sie fängt an den Tisch abzuräumen.

„Nein, das mache ich. Du suchst dir einen Film aus. OK?"

„Alles klar Chef!", sagt sie und begibt sich zu meiner DVD Sammlung.

„Und? Schon fündig geworden?", frage ich, als ich zum dritten Mal von der Küche zum Tisch gehe, um den Rest abzuräumen.

„Ja, ich schwanke noch zwischen dem neuen ‚King Kong' und ‚The Hitchhikers Guide to the Galaxy', hab beide noch nicht gesehen."

„Lass uns lieber den ‚Hitchhikers Guide' sehen, der ist witzig. Hast du die Trilogie gelesen?"

„Nein, sollte ich?"

„Ja unbedingt, eigentlich sind die Bücher noch viel witziger als der Film. Die Wortspiele in der englischen Fassung sind zum totlachen. Kannst du gut Englisch?"

„Ja ich war zwei Jahre in England, bin mal als Aupair hängen geblieben."

„Prima, dann leih ich dir die Bücher gerne auf English. Ein Muss für jeden Fan trockenen Humors. Hast du ‚Traumschiff Surprise' schon gesehen?"

„Nö."

„Dann schauen wir doch den. Den kann ich hundert Mal sehen und immer noch lachen."

„OK, hab ihn. Ehm, wo ist denn dein Fernseher?"

„Im Schlafzimmer."

„Aha."

Ich bin in der Küche und komme zu ihr ins Wohnzimmer.

„Nein. War nur ein Scherz. Schau hier." Ich drücke einen Knopf auf der Multifunktionsfernbedienung und mein Homecinema fährt hoch. Beziehungsweise, die Leinwand runter und der Beamer mit dem restlichen Karsumpel an.

„Oh dör Hörr lebt vornehm!"

„Na ja, ich habe vorletztes Jahr eine kleine Erbschaft investiert." Ich wähle ,Film Starten' und drehe die Lautstärke etwas hoch. Die schlanken Piega-Lautsprecher mit dem Subwoofer bringen unsere satten Mägen mühelos auf Achterbahnkurs.

„Whuuwh, das ist ja besser als im Kino!", ruft sie entzückt.

Wir lassen uns auf dem tiefen Sofa nieder, die Beine ziehen wir hoch und Nathalie kuschelt sich an mich. Wie ein altes Paar sitzen wir da und lachen uns gemeinsam die Hucke voll. Der restliche Wein unterstützt uns dabei.

Als der Film zu Ende ist, sind wir müde und zufrieden.

„Ich muss jetzt gehen Pit. War echt ein super Abend. Ich habe es sehr genossen, wirklich." Sie küsst mich auf die Wange und steht auf.

„Ja, ich habe auch lange nicht mehr so viel Spass gehabt. Das müssen wir unbedingt wiederholen."

Sie zückt ihr Handy und ruft jemanden an.

„Ja Hallo? Schicken sie mir bitte ein Taxi nach Wilen zu Pits Autogarage?"

„Pitstop", flüstere ich.

„Zur Garage Pitstop? – Ja gleich bitte. Danke"

„Ich hätte dich doch fahren können."

„Ich glaube, das wäre keine so gute Idee. Ich ruf dich an Pit. Lass mir etwas Zeit..."

„...und vertrau dir, ja ich weiss. Darf ich dich im Krankenhaus anrufen?"

„Lieber nicht, versteh mich nicht falsch. Ich will erst noch die Sache mit Mike klären. Ich ruf dich bestimmt an!" Sie hat sich bereits ihre Jacke angezogen und steht vor der Tür.

„Also, bis dann", sage ich und küsse sie zum Abschied auf ihren vollen Mund. Sie hält mich dabei im Nacken, um den Kuss zu verlängern.

„Tschüss Pit, bis dann." Und weg ist sie. Ich fühle mich sofort alleine und muss den Gedanken verdrängen, dass sie jetzt zu einem anderen ins Bett steigt. Ich schmecke ihren Kuss auf meinen Lippen.

Am nächsten Tag grüble ich beim Frühstück über Robs Tod nach. Ich hätte mehr nachforschen sollen. Wie kann es sein, dass mein Bruder einfach umgelegt wird und niemand sich einen Scheiss darum kümmert. Zehn Zeilen in einem Polizeirapport, das soll alles sein? OK, eine verirrte Kugel, keine Anhaltspunkte. Aber jemand muss doch etwas gehört, oder gesehen haben! Irgendwo muss doch ein Polizeirapport über die Schiesserei vorliegen. Killer George fällt mir wieder ein. Er ist doch ein Cop. Ich beschliesse, ihm eine eMail zu schreiben und werfe meinen PC an.

„Lieber George
Du erinnerst Dich bestimmt noch an mich: Pit Brad aus dem Flugzeug. Ich hatte Dir doch erzählt, dass mein Bruder in New York von einer verirrten Kugel tödlich getroffen wurde.
Im Polizeibericht standen gerade mal zehn Zeilen. Niemand scheint etwas gehört, oder gesehen zu haben. Könntest Du für mich nachsehen, ob nicht ein Polizeibericht über eine Schiesserei vorliegt. Irgend eine Spur muss es doch geben! Ich weiss, dass Du das vermutlich nicht darfst. Es würde mir aber sehr viel bedeuten!
Herzliche Grüsse aus der Schweiz
Pit Brad"

Ich hoffe, dass er antworten wird. Er ist meine einzige Hoffnung.

Mein Handy klingelt. Es ist Nathalie. Mein Herz beginnt zu klopfen.

„Pit Brad am Apparat", melde ich mich, als ob ich nicht wüsste wer dran ist.

„Hallo Pit, ich bin's Nathalie"

„Hallo holde Frau, schön von dir zu hören!", versuche ich gute Stimmung rüber zu bringen.

„Pit ich muss dich warnen" Wie bitte? Ich bin einigermassen beunruhigt. Es hatte doch alles so gut angefangen. „Mike hat mich - und bitte bleib jetzt ganz ruhig ja?"

„Ja OK", antworte ich hastig.

„Mike hat mich zusammengeschlagen."

„Was? Dieser verdammte Bastard! *Den* knöpf ich mir gleich vor!", schreie ich in mein Handy. Mein Puls ist jetzt auf hundertachtzig.

„Pit, hör mir jetzt genau zu und beherrsch dich!", sagt Nathalie sehr bestimmt.

Ich sage „OK", kann aber ein Schnauben nicht unterdrücken.

„Mike ist gefährlich, hörst du? Wenn er bei dir auftaucht, dann lass ihn nicht rein. Er ist gefährlich!"

„Darauf werde ich gar nicht warten. Ich werde ihm gleich einen Besuch abstatten und ihn platt machen!"

„Pit, hast du mir nicht zugehört? Er ist g-e-f-ä-h-r-l-i-c-h! Er ist zu *Allem* fähig. Du wirst ihn auf gar keinen Fall besuchen, hast du mich verstanden?"

„Ja OK ist schon gut, ich hab's verstanden. Wo bist du jetzt?"

„Im Krankenhaus. Hier bin ich für eine Weile in Sicherheit."

„Hast du wenigstens die Polizei informiert?"

„Nein Pit, das wäre mein Todesurteil, glaub mir."

Jemand klingelt energisch an meiner Tür.

„Nathalie, ich ruf dich gleich zurück, jemand ist an der – ist er das?", frage ich unsicher.

„Schau vorsichtig aus dem Fenster und sag mir, was du siehst."

Ich luge mit gebührendem Abstand zum Vorhang auf den Hof.

„Ich sehe nur einen gelben Prowler draussen."

„So ein amerikanischer Sportwagen, der aussieht wie aus den Fünfzigern?", vergewissert sich Nathalie.

„Ja genau, eben ein Prowler."

„Das ist er. Versteckt dich sofort und ruf mich wieder an, wenn alles vorbei ist." – tuuut, sie hat aufgelegt. Scheisse, was soll ich jetzt tun? Unten poltert Mike an die Tür.

„Du mieses, kleines Arschloch. Komm runter, wenn du ein Mann bist!", fordert er mich auf. In Panik wähle ich Erics Nummer.

„Hallo Pit", meldet er sich.

„Eric, du musst sofort mit dem Streifenwagen bei mir vorfahren. *Sofort*. Es ist ein Notfall. Hast du gehört?"

„Bin in drei Minuten da!" Er hängt auf.

Gott sei Dank habe ich Eric! Jeder andere Polizist hätte erst noch tausend Fragen gehabt. Ich sehe nochmals zum Fenster raus. Unten steht dieser Mike und fuchtelt wie ein tollwütiger mit etwas herum, das aussieht wie eine Magnum. Jetzt erkenne ich es. Es *ist* eine Magnum!

„Komm runter! Ich mach dich kalt wie einen Hund!", schreit er. Ich trete erschrocken zurück und höre zum Glück schon von weitem die Polizeisirene. Sekunden später bremst der Streifenwagen auf dem Kies, dass es qualmt. Eric steigt aus und geht auf Mike zu. Der hat seine Knarre eingesteckt. Ich reisse das Fenster auf und schreie runter: „Verpiss dich du Irrer!"

„Aber was haben sie denn Herr Brad? Ich wollte doch nur einen Termin bei ihnen machen", ruft er lammfromm von unten – mit einem komischen Akzent, den ich nicht zuordnen kann. Dieser aalglatte Scheisskerl tut so als ob nichts gewesen wäre.

„Sie haben es gehört. Herr Brad möchte, dass sie von seinem Platz verschwinden", weist ihn Eric bestimmt an.

Mike steigt ohne weiteres in seinen pissgelben Prowler und braust davon. Erich kommt an die Tür. Ich lasse ihn herein.

„Hallo Pit, was sollte *das* denn eben?"

„Mann Eric, du hast mir gerade das Leben gerettet. Dieser Irre stand vor dreissig Sekunden noch mit einer Magnum auf dem Platz und wollte mich umlegen!"

„Wie bitte?", fragt Eric nach mehr Erklärung. Ich erzähle ihm von Nathalies Anruf und was vorgefallen ist.

„... und dann ist er auch gleich aufgetaucht. Den Rest weisst du ja. Hör zu. Ich glaube der Typ ist gemeingefährlich. Kannst du ihn einlochen?", frage ich hoffnungsvoll.

„Hm, wenn Nathalie Anzeige erstattet, könnte ein Richter ihm für ein paar Tage verbieten, die Wohnung zu betreten. Eventuell bekommt er eine Busse und eine Gefängnisstrafe auf Bewährung. Mehr ist wohl nicht drin. Jedenfalls nicht, wenn er nicht vorbestraft ist und das wüsste ich."

„Scheisse Eric, was sollen wir denn jetzt tun? Shit! Rob hab ich auch noch ganz vergessen. Der liegt immer noch am Flughafen! Verdammte Kacke, warum muss auch immer alles schief laufen!"

„Hast dich wohl in die Kleine verknallt was?" fragt Eric süffisant.

„Kann schon sein, jedenfalls will ich ihr helfen", antworte ich gereizt.

„Ist schon gut. Ich helfe dir Pit. Hast du Papiere um Rob abzuholen?"

„Ja, warum?"

„Gib sie mir. Ich kümmere mich darum. Und jetzt zu der Kleinen – wie hiess sie noch mal?"

„Nathalie."

„Ja, Nathalie und weiter?"

„Ehm", jetzt fällt mir noch nicht mal ihr Nachname ein. „Sie ist die Schwester, von dem, der meine Sting Ray zusammengelegt hat", gebe ich Eric wie in einem Ratespiel einen Tipp.

„Reimann? Sie ist die Schwester von dem Deppen?"

„Genau. Nathalie Reimann", antworte ich, ohne auf die Bemerkung wegen des Deppen einzugehen. „Sie sagte, sie sei in Lebensgefahr, wenn sie zur Polizei ginge. Shit, ich muss sie anrufen und ihr sagen, dass alles in Ordnung ist. Jedenfalls, dass ich noch lebe. Sie macht sich sicher Sorgen. Ich zücke mein Handy und rufe sie an.

„Nathalie Reimann", meldet sie sich.

„Hallo Nathalie. Ich bin's Pit."

„Gott sei Dank Pit!" ruft sie erleichtert „alle in Ordnung bei dir?"

„Ja alles in Ordnung. Mike ist weg. Hör mal Nathalie, der Irre stand unten mit einer Magnum und wollte mich umlegen. Da habe ich Eric angerufen. Du weisst schon, den Polizisten."

„Und, hast du ihm etwas gesagt?"

„Nathalie, Eric ist mein bester Freund, nicht einfach irgend ein Bulle. Er ist hier und will uns helfen", versuche ich sie zu beruhigen.

„Pit, das hättest du nicht tun dürfen! Ich habe dir doch gesagt, dass ich sonst in Teufels Küche komme!", fleht sie mich an.

„Es tut mir leid. Ich wusste einfach nicht weiter und musste erst mal meine Haut retten." Eric deutet mir an, ihm das Handy zu geben. „Ich gib dir mal Eric ans Telefon."

„Hallo Nathalie? Ich bin Eric Kappel, der Freund von Pit. Ich werde nur einen Polizeibericht machen, wenn du damit einverstanden bist, OK?"

Nathalie scheint soweit einverstanden.

„Wir werden jetzt zu dir ins Krankenhaus kommen und gemeinsam überlegen was am Besten zu tun ist. Ist das OK für Dich?"

Eric hat die Lage voll im Griff.

„Ja hab keine Angst, wir sind in zehn Minuten bei dir und werden inkognito kommen. Also bis gleich." Er legt auf, ohne mir Nathalie noch mal zu geben.

„Komm, wir nehmen dein Motorrad. Hast du noch eine unauffällige Jacke für mich?" Nach acht Minuten fahren wir vor dem Krankenhaus vor. Kein gelber Prowler weit und breit. An der Rezeption zeigt Eric seinen Dienstausweis.

„Wir besuchen Frau Nathalie Reimann. Wenn sonst irgend jemand, egal wer, zu ihr will, dann verweigern sie ihm den Zutritt. Ist das klar?" Die Dame an der Rezeption nickt eingeschüchtert.

„Zimmernummer?", fragt Eric harsch. Die Dame gibt sie ihm und wir eilen nach oben.

„Hallo Nathalie", sage ich, nachdem wir angeklopft haben und eingetreten sind. Sie sieht fürchterlich aus. Neben dem blauen Fleck des Schlüsselbundes hat sie jetzt ein blaues Auge und eine gebrochene Nase. Jedenfalls nehme ich das an, weil ihre Nase mit Watte vollgestopft ist.

„Hallo Pit, hallo Eric. Ich darf doch Eric sagen?"

„Klar, wie gesagt, ich bin Eric." Er reicht ihr die Hand. Am Unterarm ist Nathalie auch verletzt. Vermutlich hat sie sich zu schützen versucht.

„Zu erst einmal mein Mitgefühl für diesen Vorfall", beginnt Eric.

„Wie bitte? Vorfall? Der Kerl hat sie brutal misshandelt!" interveniere ich.

„Lass mal Pit. Eric wollte doch nur höflich sein", bremst mich Nathalie.

„Also um es gleich von Beginn weg klar zu stellen. Ich bin nicht offiziell als Polizist hier, sondern als Freund. Ich will dir helfen das beste", Eric sucht nach dem richtigen Wort „weitere Vorgehen zu finden."

„OK. Kann ich dir auch wirklich vertrauen? Was ich euch gleich erzählen werde ist brisant und sehr gefährlich für mich" sagt Nathalie ruhig.

„Du kannst Eric voll und ganz vertrauen. Schiess los", versichere ich Nathalie und Eric nickt.

„Also gut. Mike ist ein kaltblütiger Mörder, Drogendealer und vermutlich im Menschenhandel tätig. Seid ihr euch der Gefahren bewusst, auf die ihr euch da einlässt?" beginnt Nathalie ganz sachlich.

„Ehm", ich zögere kurz und sehe Eric an.

„Das ist zwar nicht gerade mein Spezialgebiet, aber ich denke wir können das Risiko eingehen. Es braucht ja niemand von diesem Gespräch zu erfahren", antwortet Eric.

„Ja genau. Wir wollen dir ja helfen", füge ich unsicher hinzu.

„Gut. Es begann vor einem Jahr. Ich habe Mike, er heisst übrigens richtig Michail und ist Russe, vor etwa einem Jahr kennen gelernt. Er hat mich mit seinem Charme und seinem Geld beeindruckt. Über seine Arbeit hat er nie viel gesprochen. Er erzählte mir, dass er im Handel zwischen Russland und der Schweiz tätig ist. Was noch nicht einmal gelogen war."

„Warum hat er dich geschlagen?" unterbreche ich ungeduldig.

„Lass sie reden" stoppt mich Eric.

„OK. Letzten Herbst lud er mich ein, ihn auf einer seiner Geschäftsreisen nach St. Petersburg zu begleiten. Ich willigte freudig ein. Wenn ich gewusst hätte, was passieren wird, hätte ich anders entschieden."

„Spann uns nicht auf die Folter!" hetze ich.

„Pit!" mahnt mich Eric. Ich halte die Klappe.

„Wir verbrachten zwei schöne Tage, an denen Mike zwei Mal ohne mich zu geschäftlichen Treffen ging. Am späten Nachmittag des dritten Tages, wir machten uns gerade für den Abend fein, kam ein unerwarteter Besuch in unser Hotelzimmer. Ein gewisser Boris."

„Wie hiess das Hotel?" will Eric wissen.

„Es war das Hotel Astoria. Mike stieg mit mir immer nur an den besten Adressen ab."

„Danke", sagt Eric.

„Also. Dieser Boris spricht mit Mike auf russisch. Ich habe zwar kein Wort verstanden, aber der Tonfall war eigentlich ganz normal. Ich war im Badezimmer und Mike muss wohl den Raum kurz verlassen haben. Auf jeden Fall kam dieser Boris ins Badezimmer. Als er mich sah, wirkte er zuerst erstaunt. Er hat dann auf russisch mit mir geredet und mich ohne Vorwarnung am Busen und Hintern begrabscht. Natürlich habe ich ihn weggestossen."

Mir stehen die Schweissperlen auf der Stirn. Eric scheint ganz gelassen.

„Dann hat er mir mit voller Wucht ins Gesicht geschlagen und ich bin hingefallen. Er packt mich hart am Arm, als Mike in der Badezimmertür erschien und diesem Boris ohne zu zögern drei Mal in den Rücken schoss."

Ich bin geschockt.

„Oh", sagt Eric nur.

„Der Typ sackte sofort zusammen und landete auf mir. Ich habe nur leise gewimmert, weil ich dachte Mike würde mich ebenfalls töten."

„Und?" frage ich.

„Er hat sie nicht getötet, dass siehst du doch" antwortet Eric.

„Nein, im Gegenteil. Mike blieb total ruhig. Keinerlei Anzeichen von Panik oder Hektik. Er steckte die Waffe weg und .."

„War es ein Revolver oder eine Pistole?" fragt Eric.

„Ich glaube eine Pistole. Ein Revolver ist doch so rund nicht war?"

„Ja", antworte ich.

„Dann war es eine Pistole. Jedenfalls steckte er ganz cool die Pistole weg und befreite mich aus meiner misslichen Lage. Er befahl mir, mich zu duschen und mich für den Abend bereit zu machen. Die Oper warte nicht."

„Unglaublich", gibt Eric erstmals seinen Gefühlen Ausdruck.

„Ja, ich habe geduscht, während die Leiche von dem Typen in einer riesigen Blutlache im Badezimmer lag."

„Und dann? Was ist dann passiert?" frage ich.

„Ich habe mich angekleidet und wir sind in die Oper gegangen", antwortet Nathalie mit einer Selbstverständlichkeit, die mich schaudern lässt.

„Aber was geschah mit der Leiche?" fragt Eric.

„Ja klar", führt Nathalie weiter aus. „Ich war ja auch noch nicht fertig. Als wir das Hotel verliessen – zur Oper – kamen uns vier Männer entgegen. Jeder mit einer grossen, schwarzen Sporttasche. Ich glaube das war das Aufräumkommando. Jedenfalls als wir von der Oper zurückkamen, war die Leiche weg. Alles war pikfein geputzt. Alle Handtücher waren frisch, das Bett neu bezogen und sogar der Boden im Wohnbereich war gesogen worden. Kein Staubkorn erinnerte mehr an den Vorfall. Eine Weile glaubte ich sogar, alles nur geträumt zu haben. Auch weil Mike den Vorfall nie mehr mit einem Wort erwähnte. Ein einziges Mal, das war aber Wochen später, sagte er mir während einem heftigen Streit: ‚Denk an St. Peterburg wenn du mich verlässt'. Seither lebe ich wie eine Gefangene. So und was nun?"

Stille. Mir hat es die Sprache vollends verschlagen und Eric denkt nach. Ich warte darauf, das Eric etwas sagt.

„Also", beginnt er. „Es gibt zwei Möglichkeiten. Erstens, Nathalie erstattet Anzeige gegen Mike wegen Körperverletzung. Der Richter wird ihm voraussichtlich für eine gewisse Zeit verbieten das Haus zu betreten und er bekommt vielleicht eine bedingte Gefängnisstrafe. Wenn du Glück hast .."

„Vergiss es, das wäre definitiv mein Todesurteil, wenn er erfährt, dass ich zu den Bullen gegangen bin. Was ist die zweite Möglichkeit?" schneidet ihm Nathalie das Wort ab.

„Weiss nicht", antwortet Eric.

„Was? Wofür hab ich dich denn mitgebracht? Das ist alles, was du zu bieten hast?" fauche ich Eric an.

„Scheisse, was erwartest du denn? Der Typ ist ein kaltblütiger Killer und kennt vermutlich die halbe Unterwelt. Ich bin auch nur ein kleiner Dorfpolizist und nicht Dirty Harry!"

„OK, du hast recht. Tut mir leid. Lass uns nachdenken. Wir müssen Mike irgendwie loswerden, soweit ist mal alles klar. Nur wie?"

„Wir gehen nach St. Petersburg", sagt Nathalie trocken.

„Wer wir? Was?", stammle ich.

„Ja, ich hab es mir schon überlegt. Hier in der Schweiz werde ich ihn nie los. Wir reisen nach St. Petersburg und versuchen ihn dort für den Mord hinter Gitter zu bringen. Er würde für immer in einem Gulag verschwinden. Das ist unsere einzige – Entschuldigung – meine einzige Chance. Wer hilft mir dabei?"

„Ich!" sage ich, diesmal ohne zu zögern. Zufrieden über meinen Mut sehe ich Eric fragend an.

„Sorry, aber ich habe meine Ferien für dieses Jahr schon bezogen. Ich helfe euch wo ich kann."

„Eric, das kannst du nicht m.."

„Lass gut sein Pit. Dann ziehen wir das zu zweit durch. Eric kann uns aber auch helfen."

„Ach ja? Und wie?", frage ich noch etwas enttäuscht.

„Eric, könntest du für uns die Polizei in St. Petersburg kontaktieren?"

„Eh, klar kann ich das. Was soll ich denn schreiben?"

„Schreib ihnen was du weisst und dass wir nächsten Montag kommen."

„Was, nächsten Montag schon?" frage ich konsterniert.

„Nein wir fliegen schon am Samstag."

„Das ist übermorgen!"

„Gut gerechnet. Bis Freitag werden sie mich noch hier behalten. Hier bin ich einigermassen sicher. Wir müssen *jetzt* handeln Pit. Ich kann nicht mehr zurück zu Mike."

„Ja, das verstehe ich. OK, ich bin dabei. Eric?"

„OK, ich werde meine Kollegen in St. Petersburg gleich heute noch kontaktieren und euch auf dem Laufenden halten."

Am Nachmittag buche ich zwei teure Rückflugtickets und ein Hotel übers Internet. Ich verzichte darauf im Astoria zu logieren, es sprengt einfach mein Budget. Hoffentlich ist Nathalie auch mit einer bescheideneren Unterkunft zufrieden.

Am Abend ruft mich Eric nochmals an und berichtet, dass seine Kollegen in St. Petersburg sehr interessiert waren und ihre Hilfe angeboten haben. Ich rufe Nathalie an.

„Hallo, ich bin's Pit. Ich habe gute Neuigkeiten."

„Hallo Pit. Ich bin ganz Ohr."

Ich erzähle ihr, was Eric mir gerade gesagt hat, dass ich den Flug habe und uns ein nettes kleines Hotel gebucht habe."

„Na das klingt ja schon mal nicht schlecht. Hoffentlich geht alles schief. Wegen den Kosten, die werde ich natürlich übernehmen."

„Auf gar keinen Fall. Ich will dir doch helfen."

„Pit, du und Eric helft mir schon mehr als ich erwarten kann. Bitte, lass mich die Kosten übernehmen."

„Gut darüber reden wir später noch mal."

„OK Liebster, jetzt gibt es kein Zurück mehr. Kommst Du mich morgen Abend holen?"

Sie hat mich Liebster genannt!

„Natürlich. Also bis dann."

„Nein warte!"

„Was ist?"

Sie bestellt bei mir noch einige Kleider und Toilettenartikel, weil sie ja nichts dabei hat. Ich schreibe mir alles säuberlich auf.

St. Petersburg

Unglaublich, aber der Flug ist ganz ohne Zwischenfälle verlaufen. Na ja, Nathalies Shampoo ist leer und unsere Zahnpastatuben auch. Ich hätte uns die Sachen eben besser nicht ins Handgepäck getan.

Mit einer Verspätung von nur einer Stunde landen wir in St. Petersburg. Die Landschaft ist trist und die Abenddämmerung taucht alles in ein ödes Licht. Wir nehmen uns ein Taxi.

„Zum Hotel Astoria bitte", sage ich auf englisch zum Fahrer. Er sagt noch irgendetwas, aber ich bin nicht sicher ob es englisch, oder russisch ist.

„Du hast im Astoria gebucht?" fragt Nathalie.

„Nein, tut mir leid, das hätte mein Budget wirklich überschritten. Ich hab's noch angeschaut, aber die haben vielleicht Preise!"

„Ach so - und was willst du denn dort?"

„Ich dachte wir gönnen uns ein gutes Abendessen und schnüffeln etwas rum."

„Gute Idee. Das Abendessen geht auf mich, klar?"

„OK. Sie mal was ich noch mitgenommen habe." Ich zeige ihr eine Plastiktüte, die ich aus meiner Jackentasche gefischt habe.

„Das ist der Kamm von Mike! Woher hast du den?"

„Weisst du nicht mehr? Du hast ihn bei mir zu Hause wütend weggeworfen. Gestern ist er mir wieder in den Sinn gekommen und ich habe ihn unter dem Schrank gefunden. Die Haare könnten sehr nützlich sein, um eventuell einen DNA-Test machen zu können."

„Clever!"

„Danke."

„Hotel Astoria", sagt der Fahrer.

Das Astoria ist ein nobler Fünfsterne-Bunker. Im Restaurant bekommen wir trotz unserer lockeren Kleidung einen guten

Platz und sogar eine Speisekarte auf Deutsch! Ich hätte allerdings mit russischen und nicht mit Preisen wie in Gstaad gerechnet. Nathalie bestellt sich frischen Hummer und ein Glas roten Krimsekt, ich schliesse mich an.

„So und jetzt?" fragt sie mich.

„Na stossen wir erst mal auf gutes Gelingen an", schlage ich vor. Das tun wir dann auch.

„Hast du eigentlich ein Zimmer für zwei reserviert?"

„Gut dass du fragst. Ich war mir da nicht ganz sicher."

„Ich hoffe doch schon!" meint sie mit einem Augenzwinkern.

„Na ja – ja ich hoffte du wärst damit einverstanden."

„Hey alles klar. Hatten Bony und Clyde etwa zwei Einzelzimmer?"

„Nein, aber die wurden am Ende erschossen."

„Ach so, sorry ich hab den Film nie zu Ende gesehen. Ich bin immer vorher eingeschlafen." Sie lacht ihr bezauberndes Lächeln. Für einen Moment sind unsere Sorgen verflogen.

Der Kellner kommt und fragt, ob wir noch etwas anderes trinken möchten.

„Ja, bitte eine grosse Karaffe Wasser ohne Kohlensäure. Ist dir das recht?" Nathalie sieht mich fragend an.

„Ja sicher", gebe ich zur Antwort.

„Ach und Herr Ober." Ruft sie dem Kellner nach. „Haben sie letzten Oktober zufällig eine Leiche im Astoria gefunden?"

Ich glaub ich spinne. Manchmal hat sie eine so direkte Art, dass einem der Atem stockt.

„Nein Madame, nicht dass ich wüsste, aber ich kann ja mal nachfragen." Die höfliche Antwort des Kellners verblüfft mich noch mehr.

„Sag mal, findest du das nicht etwas direkt?" frage ich.

„Wie wolltest du es den anstellen? Einen Brief schreiben?"

„Nein, aber.."

„Na also, ist doch alles im Butter. Der Kellner wird gleich zurück kommen und uns mitteilen, dass man von nichts weiss."

Ich sehe wie der Kellner mit seinem Vorgesetzten spricht. Sie schauen abwechselnd zu uns rüber. Der Vorgesetzte verschwindet.

„Was wollen wir mit dem morgigen Tag denn machen?"

„Weiss noch nicht Liebster. Erst mal gut ausschlafen, es wird sicher eine anstrengende Nacht!" Ihr Blick sagt alles.

„Ach ja? Was hast du denn noch vor?" frage ich dumm.

„Komm schon Pit, sei nicht so schüchtern. Zwei erwachsene Menschen, die sich mögen, treffen sich in einem kleinen Hotel und haben tollen Sex. Was ist denn schon dabei?"

„Sind wir denn jetzt ein Paar?" frage ich noch dümmer.

„Oh Pit, vermies es jetzt nicht!" gibt sie mir zu Recht eins vor den Latz.

Das Essen kommt mit drei Herren. Zwei in Weiss mit grossen Tellern, auf denen grosse, silberne Deckel das Essen warm halten und ein Herr in Schwarz.

„Madame Daschkow, schön, sie wieder einmal bei uns begrüssen zu dürfen."

Was? Daschkow? Ist Nathalie etwa eine Geheimagentin, oder was? Nathalie sieht meinen verwunderten Blick, aber bleibt cool.

„Hallo Juri, darf ich vorstellen, mein Cousin Peter. Wir sind auf einer geheimen Mission hier." Sie ist eine Geheimagentin! „Mister Daschkow hat doch bald Geburtstag und wir wollen eine Überraschungsparty organisieren. Also sagen sie ihm bitte nicht, dass ich hier war."

„Selbstverständlich Madame. Diskretion ist unser zweiter Name. Wegen des Toten im Oktober, das war wirklich eine unangenehme Sache. Haben sie aus der Zeitung davon erfahren?"

„Eh ja." Jetzt ist Nathalie kreideweiss im Gesicht.

„Ja das hatte ich befürchtet. Die Medien kennen leider keine Diskretion wenn es um solche Dinge geht. Dabei hätte der arme Kerl genau so gut unter einer Brücke sterben können. Aber ein toter Obdachloser in der Lobby eines Fünfsternehotels gibt natürlich zu reden."

„Sicher Juri, ich wollte mich auch nur erkundigen, wie es ihnen in dieser schlimmen Zeit ergangen ist."

„Ihre Anteilnahme ehrt uns Madame. Aber ich möchte sie nicht länger mit meinem Geschwätz aufhalten. Ihr Hummer wird sonst noch kalt."

Die Kellner hatten artig gewartet und stellen jetzt die Teller auf den Tisch. Sie lüpfen simultan die Deckel und verziehen sich zusammmen mit Juri. Mein Kinnladen hängt knapp über der Tischkante.

„Ich wünsche einen guten Appetit und schliess den Mund Pit" sagt sie mit einer Nonchalance, dass ich den Mund gar nicht mehr zu kriege.

„Iss, dein Hummer wird kalt."

„Was war das denn eben?"

„Na was denkst du denn? Ich war mit Mike, alias Michail Daschkow hier. Das ist halt so in einem Fünfsterneschuppen, die erkennen einen wieder."

„Du bist keine Geheimagentin?"

„Pit." Sie sieht mich mit diesem ‚bist-du-denn-noch-ganz-bei-Trost-Blick' an und beginnt die Hummerscheren mit der Zange zu bearbeiten.

Ich bin einigermassen beruhigt. Nach diesem Vorfall habe ich auch keine grosse Lust mehr, weitere Nachforschungen zu betreiben. Ich wette, dass man hier für Geld eine Leiche zu Schaschlik verarbeiten lassen kann. Diskretion ist käuflich.

Der Hummer und die üppige Nachspeise sind mir fast wieder hochgekommen, als ich die Rechnung gesehen habe. Aber Nathalie hat ohne mit der Wimper zu zucken ihre Kreditkarte gezückt und bezahlt. Juri war so frei, uns die Hotellimousine für die Fahrt in die City zur Verfügung zu stellen. Der Chauffeur staunt nicht schlecht, als ich ihm die Adresse sage.

„Zum Hotel Oktjabrskaja bitte."

„Dort treffen wir noch Geschäftskollegen" fügt Nathalie hinzu, um nicht das Gesicht zu verlieren. Wir sprechen wenig, da wir nicht wissen, ob der Chauffeur auch deutsch versteht.

„Hotel Oktjabrskaja. Soll ich noch auf sie warten?" fragt der Chauffeur in fliessendem Deutsch.

„Nein danke. Sie können schon ohne uns zurück fahren",
antworte ich ganz cool. Ich fühle mich wie James Bond. Fehlt
eigentlich nur noch der Smoking und ein Panzer.

„Kommst du?" ruft Nathalie.

„Ja, Moment noch." Ich drücke dem Fahrer zwanzig
Schweizer Franken in die Hand, doch der schaut mich nur
fragend an und ich Arschloch entschuldige mich auch noch
dafür, dass ich keine Dollar dabei habe.

Das Oktjabrskaja ist ein kleineres drei Sterne Etablissement.
Der Empfang ist im Vergleich zum Astoria eine Besenkammer.

„Hallo, mein Name ist Peter Brad, ich habe ein Zimmer
reserviert." Ich klaube den Internet-Voucher hervor und lege sie
dem Herrn vor die Nase. Der schaut durch seine schmale
Lesebrille, als ob ich ihm einen Kuhfladen auf die Theke
geknallt hätte. Er tippt meinen Namen in seinen dreissig
jährigen Computer. Er tippt noch drei weitere Tasten und fragt
nach unseren Pässen. Wir füllen die gewünschten Formulare
aus – gar nicht Bond like. Dann übergibt er uns den Schlüssel.

„Zimmer 205", bemerkt er kurz.

Der Aufzug sieht aus, als ob er die letzte Revision vor
hundertdreissig Jahren gehabt hätte. Wir entscheiden uns beide
spontan die Treppe zu nehmen. Das Zimmer ist keine Suite,
aber ganz nett. Nathalie nimmt sofort das Badezimmer in
Beschlag.

„Oh Duschvorhang", bemerkt sie in einem wenig erfreutem
Ton.

„Ich wird mich dann gleich mal frisch machen."

Ich schalte den Mikrofernseher ein. Drei Programme, alle in
russisch, soweit ich das beurteilen kann. Ich sehe mir eine
Nachrichtensendung an. Bilder von George Bush flimmern auf
dem Bildschirm. Ich verstehe nur etwas von World Economic
Forum. Offenbar wird er teilnehmen. Im Badezimmer höre ich
das Wasser rauschen. Ich würde eigentlich auch ganz gerne
duschen und entscheide mich Nathalie Gesellschaft zu leisten.

„Hallo Liebster", begrüsst sie mich. Aha, es scheint sie nicht
zu stören. Ich ziehe den Duschvorhang zur Seite und frage:

„Was dagegen?" Der ehemals weisse Vorhang hat am unteren Rand Schimmelflecken.

„Nein komm ruhig rein. Das Wasser ist herrlich warm und Seife hat es auch" lädt sie mich ein. Acht Sekunden später stehe ich mit ihr unter der Dusche. Ihr Körper ist makellos. Bis auf die Schrammen an ihren Unterarmen jedenfalls. Ihre Beine sind schlanker als ich gedacht hätte. Ihr Po ist für eine knapp Vierzigjährige straff und wohlgeformt. Aber ihr Busen stellt alles in den Schatten. Nicht wörtlich gemeint, sondern von Grösse, Proportion und Form einfach perfekt – und echt!

„Hey Pit. Dreh dich um. Ich seif dich ein."

Sie beginnt sanft meinen Rücken einzuseifen. Dann höre ich das Geräusch eines Seifenspenders und spüre ihren warmen Körper an meinem, als sie mich umschlingt und mir die Brust einseift. Ihre Hände flutschen erst scheinbar zufällig tiefer, dann bekomme ich eine Feinmassage, die meinem Gemächt Flügel verleit. Ich drehe mich um und wir küssen uns leidenschaftlich. Es dauert nicht lange und ihre Füsse verlassen den Boden. Das Wasser prasselt warm über unsere Körper, die sich wie zum Rhythmus eines erotischen Tangos bewegen.

Ich reisse den schimmligen Vorhang zur Seite, laufe mit Nathalie auf meinen Lenden zum Bett und werfe sie auf die weissen Laken. Ihr kurzes Kreischen verwandelt sich in ein wohliges Stöhnen, als mein Kopf zwischen ihren Beinen verschwindet.

Ihre Bauchdecke zieht sich fünf Mal zusammen, als sie ihr Orgasmus in Wellen überkommt.

„Mehr", stöhnt sie und zieht mich zu ihr herauf. Mein Jadestab findet den Weg von alleine. Wir sehen uns in die Augen und ein befriedigtes Lächeln überzieht ihr Gesicht, bevor wir beide die Augen schliessen, um uns ganz den wogenden Gefühlen hinzugeben.

Plötzlich habe ich einen Sack über dem Kopf. Ich werde nach hinten gezerrt. Nathalie schreit. Wir sind nicht alleine!

Ich höre mehrere Russische Stimmen, die sich Befehle zuschreien. Einer von ihnen wirft mich ans Ende des Bettes neben Nathalie.

„Nathalie?"

„Scheisse Pit, das wollte ich nicht. Ich liebe dich!", sagt sie. Mir wird klar, dass das unser Ende ist. Eine Nadel sticht in meinen Oberarm und ich tauche langsam in tiefe Bewusstlosigkeit.

Mir ist kalt, scheisskalt. Ich zittere. Ich habe immer noch diesen verfluchten Sack über dem Kopf, aber ich friere wie die Sau. Ich sitze auf etwas eiskaltem und meine Hände sind am Rücken zusammengebunden. Ein Kabelbinder und – ein Körper.

„Nathalie?!" Zum Glück ist mein Mund nicht geknebelt. Ich spüre kalte Hände neben den meinen. Unsere Hände sind zusammengebunden. Ich bewege mich vorsichtig und spüre ihren Rücken.

„Nathalie!", rufe ich halblaut. Ich vernehme ein Stöhnen hinter mir. Gott sei Dank, wir leben noch. Oder sollte mich das eher beunruhigen? Egal. Das Betäubungsmittel hält bei ihr offenbar länger an. Ich fühle, dass ich immer noch nackt bin. Eisiger Wind pfeift schmerzend über meinen Körper. Ich muss Nathalie wecken.

„Na-tha-lie!", versuche ich es nochmals.

„Pit?", kommt die schwache Antwort. „Mir ist furchtbar kalt."

„Ja mir auch. Wo sind wir?"

„Ich weiss nicht. Draussen?"

„Dem Scheisswind nach zu beurteilen, glaube ich jedenfalls nicht, dass wir an der Copacabana sitzen", antworte ich sarkastisch. „Ich höre Strassenlärm. Wir sind ganz sicher draussen."

Ein Nebelhorn, in Open air Lautstärke, lässt uns erzittern.

„Oah, was war das denn?" fragt Nathalie.

„Dem Geräusch nach das ich jetzt höre, würde ich sagen - die Queen Mary!" Ein grosses Schiff stampft langsam ganz in der Nähe vorbei.

„Kannst du etwas sehen Pit? Ich glaube ich sitze auf Metall. Mein Po ist eiskalt und es zieht fürchterlich."

„Ja, geht mir gleich. Vielleicht sollten wir versuchen aufzustehen und ein windgeschützteres Plätzchen suchen."

„Ich bin nackt!" sagt Nathalie.

„Gut, dann warten wir, bis wir erfrieren."

„Schon gut, ich meine ja nur."

„OK, auf drei. Eins, zwei, drei." Wir stehen auf.

„Und jetzt? Welche Richtung schlägst du vor?" frage ich.

„Weiss nicht – deine?" schlägt Nathalie vor. „Ich glaube der Boden schwankt, also Pass auf wo du hintrittst."

„Klar ich wird den dort drüben gleich mal nach dem Weg fragen."

„Was, du kannst sehen?", fragt Nathalie erstaunt.

„Nein, war nur ein Scherz. Also kleine Schritte OK?"

„OK, los geht's." Nathalie beginnt rückwärts zu laufen. Ich war noch nicht bereit und stolpere. Mein rechter Fuss bleibt auf etwas Rohrähnlichem stehen. Mein linker tastet sich langsam nach vorn. Doch es kommt kein Halt. Ich trete total ins Leere und reisse die kreischende Nathalie hinter mir her.

Wir sind im freien Fall. In Erwartung des Aufschlages halte ich die Luft an.

„Ngh!"

Wir fallen immer noch. Das ist das Ende.

„Maria Mutter Gottes SCHEISSEEE...", schreie ich.

WUSCHSCH

„hm-mmm." ‚Boaaaah ist das kalt!' Wir tauchen metertief in eisiges Wasser. Der Aufschlag hat den Kabelbinder zerrissen. ‚Wo ist die Oberfläche?!' Ich reisse mir den Sack vom Kopf und bin Oben. Ich japse keuchend nach Luft. Wir treiben im Fluss. Wir? Wo ist Nathalie?

„Nathalie!?"

Nein nicht schon wieder! Ich tauche runter. Nichts zu sehen. Das Wasser ist so kalt, dass ich nur wenige Sekunden schaffe.

„Nathalieh!!"

Lieber Gott nein, bitte nicht! Der Fluss zieht mich langsam davon. Flussaufwärts sehe ich den Baukran, von dessen Auslegerarm wir zwanzig Meter in den Fluss gestürzt sind. Ich tauche nochmals. Da! Ich hab sie!

„NathalieNathalie!! Atme Nathalie, verdammt atme!"

Ihr Gesicht ist kalt und weiss. Ich versuche sie zu beatmen. Das Eiswasser schneidet mir die Luft ab. Ich puste meine letzte Luft in ihre Nase. Meine Muskeln schmerzen, doch ich umschlinge sie von hinten und drücke ihren Brustkasten so fest ich noch kann zusammen. Nochmals beatmen. Mein Puls rast. Meine Beine rudern mechanisch, ohne dass ich sie spüre.

„Nathalie tu mir das nicht an, atme jetzt verflucht noch mal!" Ich blase ihr nochmals in die Nase. Sie röchelt. Sie lebt!

„Gut so – atme!"

Dass Nathalie lebt, verleiht mir einen Adrenalinschub, der uns das Leben rettet. Ich schaffe es, mit ihr im Schlepptau bis ans Ufer, wo uns Passanten in dicken Mänteln entgegen eilen. Ein Gewirr von hektischen, russischen Stimmen umgibt uns. Zwei Männer tragen mich über die Strasse und nach wenigen Schritten sind wir in einem Haus. Eine trockene Decke umhüllt mich. Erst jetzt sehe ich Nathalie wieder. Wir sind in einem Café. Wir leben noch. Vollkommen erschöpft, aber wir leben!

„Was ist passiert? Sind wir in den Fluss gefallen?" fragt mich Nathalie zitternd. Ihre Lippen sind blau.

„Wir sind auf dem Ausleger eines Baukrans gesessen, der sich glücklicherweise im Wind über den Fluss gedreht hatte. Das hat uns das Leben gerettet, wenn auch verdammt knapp", schnattere ich.

Eine dicke Frau bringt uns heissen Tee. Die Menschen um uns herum reden alle gleichzeitig auf uns los. Wir verstehen kein Wort. Zwei Polizisten tauchen auf, die wir auch nicht verstehen. Mit Händen und Füssen machen wir verständlich, dass wir uns erst im Hotel anziehen müssen und dann gerne mit auf die Polizeiwache kommen. Die Polizisten verstehen und bahnen mit uns einen Weg durch die versammelte Menge. Wir fahren in Decken gehüllt zum Hotel. Dort staunt man nicht schlecht über unseren Auftritt, aber die Polizisten klären die Lage mit dem Portier, der uns mit grossen Augen den Zimmerschlüssel gibt.

„Boah, ich muss erst warm duschen", sagt Nathalie und verschwindet im Badezimmer.

Es klopft an der Tür. Einer der Polizisten steht im Flur. Er fragt etwas.

„Ja, Nathalie ist unter der Dusche, wir kommen in zwanzig Minuten runter OK?" Ich unterstreiche meine Worte mit einer

Art internationalen Gebärdensprache. Er scheint zu verstehen. Da fällt mir das eMail mit der Antwort auf unser Kommen ein.

„Moment!" Er dreht sich um. Ich zeige ihm das eMail. Nachdem er es angesehn hat, deutet er auf das Papier und gibt mir zu verstehen, dass er uns hinfahren könnte.

„Ja, sehr gerne. Und vielen Dank für ihre Hilfe!" Ich schüttle ihm dankend die Hand. Er sieht mich lächelnd an und macht nochmals Zeichen für ‚Wir sehen uns in zwanzig Minuten unten'. Erst jetzt merke ich, dass ich die ganze Zeit nackt dagestanden habe. Ich steige zu Nathalie unter die warme Dusche.

„Und täglich grüsst das Murmeltier", empfängt sie mich.

„Nein danke, einmal ist definitiv genug. Gott Nathalie wir leben!" Ich umarme sie.

„Ja ein verdammtes Wunder. Wir müssten tot sein." Erschrocken von dieser Erkenntnis löst sich Nathalie aus der Umarmung und sieht mich an. „Scheisse, wenn die merken, das wir noch leben, werden sie uns auf der Stelle töten."

„Keine Angst Nathalie. Die beiden Polizisten warten unten auf uns und ich glaube sie wollen uns nachher zu unserem Polizisten fahren. Den aus dem eMail. Wir sind in Sicherheit!"

„Gut. Das ist gut. Danke Pit, du hast mir das Leben gerettet."

„Gerne wieder", entgegne ich. Wir wärmen uns noch gut auf, ziehen trockene Sachen an und gehen runter zur Rezeption.

Die Polizisten unterhalten sich angeregt mit dem Portier. Ich zeige ihnen nochmals das eMail, sie bedeuten uns verstanden zu haben, und so machen wir uns mit Blaulicht auf zum Präsidium. Unser merkwürdiger Fall scheint den Beiden sichtlich Spass zu machen. Sicher werden sie die Story noch jahrelang ihren Freunden erzählen. Wir auch!

Das Polizeipräsidium ist ein neu renoviertes Gebäude, vermutlich noch aus der Zeit der Zaren. Man scheint uns zu erwarten, jedenfalls gelangen wir ohne Anmeldeformalitäten in den vierten Stock des Gebäudes. Die Tür durch die wir schliesslich eintreten, ist in kyrillischer Schrift angeschrieben. Keine Ahnung wo wir sind, aber das Büro ist grosszügig eingerichtet. Ein Tisch mit einem grossen Ledersessel aus den Siebzigern und drei Stühle aus einer anderen Epoche bilden das einzige Mobiliar und lassen das Büro des Polizeichefs vermuten.

Durch eine zweite Tür tritt ein hagerer Mann ein. Unsere Begleiter nehmen Haltung an. Es ist der Chef.

„Nehmen sie doch Platz" fordert er uns in fast akzentfreiem Deutsch auf. „Normalerweise arbeite ich Sonntags nicht. Aber als ich hörte, dass sie schon in der Stadt sind und welch unglaubliche Dinge ihnen widerfahren sind, habe ich mich natürlich sofort auf den Weg gemacht. Bitte entschuldigen sie – mein Name ist Alexej Nezyuhnepresch. Ich bin der Polizeipräsident von St. Petersburg. Bleiben sie doch sitzen" bittet er uns, als wir aufspringen um ihm die Hand zu schütteln, die er uns entgegen reicht.

„Freut mich. Mein Name ist Nathalie Reimann."

„Pit Brad" sage ich.

„Pit Brad, wie Brad Pit?", fragt der Polizeipräsident.

„Ja", antworte ich kurz.

„Entschuldigen sie, diese Frage müssen sie schon tausend Mal gehört haben". Ein weiser Mann. „Möchten sie einen Tee, oder lieber Kaffee?"

Wir entscheiden uns beide für Kaffee. Er drückt auf einen Knopf der Gegensprechanlage. „Nadja, bitte drei Kaffe und wenn der Besuch kommt, soll er doch bitte gleich eintreten." Er lässt sich wieder in seinen schweren Lederstuhl zurückfallen. „Aber jetzt erzählen sie mir doch wie ich ihnen helfen kann", fordert er uns auf.

Nathalie erzählt ihm ausführlich über Mike, alias Michail, über den Vorfall im Astoria letzten November und darüber was seit unserer Ankunft geschehen ist. „... es handelt sich also um kriminelle Individuen. Wir möchten ihnen helfen diese dingfest zu machen."

„Wirklich unglaublich und sie sagen eine Leiche wurde nie gefunden?" fragt der Polizeipräsident.

„Nein haben sie denn keine Leiche, auf die die Beschreibung passen würde?", frage ich.

„Nein und fällt mir ehrlich gesagt auch – nun sagen wir es einmal so, die Geschichte klingt sehr abenteuerlich."

Ich greife in meine Jackentasche und hole die Plastiktüte mit Mikes Kamm hervor. „Hier, ich kann es beweisen. Das ist der Kamm von Michail Daschkow."

Helga kommt herein und bringt uns den Kaffee. Er ist schwarz und stark.

„Danke Nadja. Gut, dass sie Herrn Daschkow erwähnen. Wissen sie Herr Daschkow ist in St.Petersburg ein angesehener Mann. Ich dachte er könnte uns vielleicht helfen Licht in diese verworrene Geschichte zu bringen." Er macht eine einladende Handbewegung und blickt hinter uns. Es ist Mike!

„Bitte Herr Daschkow, nehmen sie doch Platz. Sie kennen sich?"

„Aber natürlich. Hallo Nathalie, hallo Pit, schön euch zu sehen." Dieser Hurensohn begrüsst uns, als ob er keiner Fliege was zu Leide tun könnte und in seinem massgeschneiderten Anzug lässt er uns wie Penner aussehen. Nathalie und mir hat es die Sprache verschlagen.

„Oh mein Kamm, den habe ich schon überall gesucht."

Ich bin unfähig, mich zu bewegen. Er nimmt mir die Tüte aus der Hand und entfernt den Kamm.

„Deine Tüte." Arrogant reicht er mir die Plastiktüte wieder und setzt sich zu uns.

„Also Alexej, wie kann ich dir helfen?" sagt er und nimmt eine Kippe aus seinem goldenen Zigarettenetui. Er lehnt sich lässig zurück, schlägt seine Beine übereinander und zieht den Rauch durch seine Nase ein, bevor er ihn genüsslich in den Raum bläst.

„Nun, Herr Brad Pit und Frau Reimann haben mir eben erzählt sie hätten letztes Jahr im Hotel Astoria einen Mann kaltblütig erschossen." Der Polizeipräsident lacht. Mike grinst.

„Eine wirklich bemerkenswerte Geschichte. Und wo ist die Leiche?" fragt Mike.

„Nun, die haben sie weggezaubert, als sie mit Frau Reimann in der Oper sassen." Der Polizeipräsident macht dazu eine Hokuspokus Bewegung und lacht.

„Wie amüsant, lieber Alexej. Ich will dir offen erzählen, was wirklich geschehen ist. Es ist etwas pikant. Kann ich mich auf deine Diskretion verlassen Alexej?"

„Wenn es nicht um Mord geht", meint er lächelnd.

„Nathalie und ich waren damals ein Paar. An diesem Abend, wie leider schon oft, hatte sie Drogen konsumiert, was letztlich übrigens auch der Grund für das Scheitern der Beziehung war. Ich hatte Karten für die Oper, doch sie wollte nur Sex. Ich habe ihr die Drogen weggenommen und sie die Toilette runter gespült. Dann sind wir in die Oper gefahren, was mindestens hundert Leute bezeugen können. Gott alleine weiss, was sie sich unter dem Einfluss der Drogen eingebildet hat."

„Ich verstehe, sie können sich auf meine Diskretion verlassen. Frau Reimann, möchten sie dem noch etwas hinzufügen?"

„Nein. Wir möchten sie auch nicht länger aufhalten. Können sie uns bitte zum Hotel und anschliessend zum Flughafen fahren lassen?", gibt Nathalie zur Antwort.

„Ich kann ihnen ein Taxi rufen lassen", antwortet er.

„Sie möchten doch sicher nicht, dass die Presse von unserem kleinen Geheimnis erfährt? Wir bevorzugen es von den beiden Polizisten gefahren zu werden, die uns gebracht haben", versuche ich den Polizeipräsidenten einzuschüchtern.

„Aber ich bitte sie, diese Unterhaltung hat nie stattgefunden. Der Polizeiwagen steht ihnen zur freien Verfügung." Versuch gelungen.

„Auf Wiedersehen." Wir stehen auf und verlassen den Raum. Der Polizeipräsident sagt noch etwas zu unseren Fahrern. Ich hoffe, dass er ihnen nicht den Befehl erteilt hat uns zu liquidieren. Aber die beiden verziehen keine Mine und bleiben freundlich wie zuvor, also ist alles in Ordnung.

Mit Blaulicht rasen wir zum Hotel.

„Wir müssen die Stadt so schnell wie möglich verlassen", sagt Nathalie.

„Schon klar, was meinst du weshalb ich auf den Streifenwagen bestanden habe. Den Jungs kann man vermutlich trauen."

„Hoffentlich. Mit dem Polizeipräsidenten und der Russenmafia gegen uns dürfen wir jedenfalls keine Zeit verlieren."

Um sicher zu gehen, dass nicht noch der Befehl zu unserer Liquidation kommt, lehne ich mich nach vorne und schalte das Polizeifunkgerät ab. Unsere Fahrer sehen sich nur an und zucken mit den Schultern.

Im Hotel packe ich in Windeseile unsere Sachen und bezahle mit der Kreditkarte während Nathalie unsere Fahrer im Auge behält.

Mit Blaulicht – die Jungs mögen das einfach – rauschen wir zum Flughafen. Ich rufe vom Wagen aus bei der Swiss an. Zum Glück haben wir den teuren Linienflug und es ist kein Problem auf den nächsten Flug in zwei Stunden umzubuchen.

Am Flughafen verabschieden wir uns von unseren Polizisten und ich drücke ihnen hundert Schweizer Franken in die Hand. „Danke, dass ihr uns nicht umgelegt habt!" Sie schauen nur verdutzt drein.

Wir eilen durch die Abflughalle, zum Check In der Swiss. Mit den Tickets rennen wir zur Passkontrolle. Der Typ sieht unsere Pässe genau an und greift zum Telefon.

„Einen Moment bitte", sagt er mit starkem Akzent. Hat er das Killerkommando angerufen?

„Ist etwas nicht in Ordnung?" frage ich ungeduldig.

„Einen Moment bitte", wiederholt er.

„Was ist? Werden wir gesucht oder was?"

„Einen Moment bitte!" Auch der Zöllner wird ungeduldig.

„Pit, bleib ruhig, wir können uns keinen Zwischenfall erlauben!" zischt mich Nathalie an. Ich versuche die Klappe zu halten. Das Telefon des Portiers klingelt. Meine Nerven sind zum zerreissen gespannt.

„Alles klar", sagt der Zöllner zu uns und lässt uns passieren. Wir sehen uns an und fallen uns in die Arme. Nathalie weint.

„Ich dachte, die würden uns umlegen."

„Na ja, ist ihnen ja auch beinahe geglückt. Hör zu, ich will Eric anrufen und ihn warnen. Wer weiss wozu Michail sonst noch fähig ist."

„Ja mach das, aber ich glaube nicht, dass er in der Schweiz so weit gehen würde. Ich kann mir nicht vorstellen, dass er unseren Polizeipräsidenten gekauft hat. Das kann sich nicht einmal Mike leisten." Nathalies Argument überzeugt mich nicht hundert Prozent, aber ich will es selber glauben.

Auf dem Rückflug mit der Swiss fühlen wir uns wie im siebten Himmel. Das Essen schmeckt einigermassen, aber die Flugbegleiterinnen sprechen unsere Sprache.

„Was werden wir tun, wenn wir in der Schweiz sind? Mike wird uns sicher weiter terrorisieren, oder dir einen Killer auf den Hals hetzen" meint Nathalie.

„Oh danke! Das hab ich jetzt wirklich gebraucht. Sonst wäre mir womöglich noch langweilig geworden."

„Ja sorry, aber so ist es nun mal."

„OK, du hast recht. Ich weiss auch noch nicht. Lass mich nachdenken."

„Ich hab eine Idee!" schiesst Nathalie los.

„Schön, dann kann ich ja jetzt wieder aufhören nachzudenken. War ganz schön anstrengend."

„Blödmann! Wir könnten das Land verlassen, uns eine neue Existenz aufbauen."

„Klar, und dann legt er deinen Bruder um, nur um dich zu ärgern. Vergiss es."

„Da hast du auch wieder recht."

„Danke. Jetzt muss ich meine Festplatte wieder hochfahren."

„Pit, ich meine es Ernst. Wir müssen einen Plan haben. Wir müssen etwas unternehmen."

„Ja, dann lass mich jetzt in Ruhe überlegen."

Nathalie schweigt.

„War nicht so gemeint, aber ich will mich konzentrieren können OK?"

„Weck mich, wenn du eine Idee hast."

Frauen!

Also Pit, dann denk mal nach. Brainstorming.

Die Familie Daschkow ausrotten. Nein, ich werde Russland, wenn überhaupt, erst wieder betreten, wenn Mike tot ist. Folgerung; ich muss Mike umlegen. Oder für immer hinter Gitter bringen. Ja! Ihm etwas anhängen. Das wäre elegant. Aber was würde ihn lebenslang hinter Gitter bringen? Serienmord an Kindern, ist das einzige was mir einfällt. Vergiss es. Sonst noch Ideen? Psychiatrie? Ihn durchdrehen lassen? Einen Psychiater kaufen, der ihn als Psychopaten einstuft? Unrealistisch. Komm schon Pit, fällt dir nichts besseres ein? Ich werde ihn wohl oder übel umlegen müssen. Selber schuld!

Ich überlege den ganzen Flug, wie ich Mike umnieten kann, ohne dass der Verdacht auf mich fällt und ich ein wasserdichtes Alibi habe. Als das Anschnallzeichen für die Landung aufblinkt, habe ich die Lösung.

„Und? Ist dir was eingefallen?"

„Ja. Du ziehst heute Nacht zu mir um und Morgen kaufen wir uns beide einen Pfefferspray."

„Na toll. Soll ihn damit etwa zu Tode sprayen, oder was?"

„OK, eine Armeepistole hab ich schon zu Hause – für den Notfall."

„Super, soll ich jetzt mit einer Knarre in der Küche stehen?"

„Gut wir bauen eine Alarmanlage ins Haus ein."

„Meinetwegen."

„Nathalie, sei doch nicht so negativ. Wir brauchen Zeit und die gewinnen wir damit."

„Ja gut, tut mir leid. Aber wenn er anfängt rumzuspinnen, müssen wir eine Lösung finden. Ich würde übrigens Neuseeland favorisieren."

„Gib mir etwas Zeit Nathalie. Mir fällt schon was ein." Ich will sie nicht mit meinem wirklichen Plan belasten.

Wilen, Ostschweiz

Nach Nathalies Notfallumzug von Mike zu mir, sinken wir erschöpft in mein, na ja jetzt *unser* Bett und schlafen beide innert Minuten tief und fest. Ich träume, dass ich Elena aus dem Roten Meer geholt und in der Wüste bei den Pharaonen beerdigt habe. Dann kommen eine Milliarde Skarabäen, alle mit Mikes Gesicht und fallen über mich her.

„Hey!" weckt mich Nathalie.

„Was is?" murmle ich schlaftrunken.

„Du hast mich getreten und du ziehst mir dauernd die Decke weg."

„Morgen kaufen wir dir eine eigene Decke OK?"

„Mir ist kalt. Halt mich fest."

Ich drehe mich zu ihr rüber und halte sie fest. Ich träume, dass ich mit Nathalie im Bett liege und die New Yorker Cops unser Haus bewachen.

„Guten Morgen Liebling. Ich habe Rührei gemacht und Brot aus dem Kühlfach aufgebacken." Nathalie weckt mich mit einem Kuss auf die Wange.

„Oah ist das schön, daran könnte ich mich direkt gewöhnen. Gib mir eine Minute. Ich komme gleich."

„Nichts da, du Faulpelz!" Sie beginnt mich mit dem Kissen zu schlagen und setzt sich auf mich, wie auf ein Pferd.

„Los Jolly Jumper! Hü! Auf zu neuen Abenteuern!"

„OK, OK, ich komm ja schon."

Der Espresso hat mir noch nie so gut geschmeckt wie heute. Ich bin glücklich alles heil überstanden zu haben und ein paar schöne Stunden mit Nathalie geniessen zu können. Wir reden über unser Abenteuer in St. Petersburg und über Gott und die Welt. Wir lernen uns kennen. Um elf lieben wir uns zum ersten Mal ungestört zu Ende. Ich liege wohlig und glücklich auf dem Rücken.

„Piiiiiiiiiep. Schwester, Herzstillstand, den Defi – schnell!" rufe ich lachend.

„Defi in zwei Sekunden. Alles zurücktreten!" Nathalie macht das Geräusch eines ladenden Defibrillators. „Fiiiiiiieh!" Und die Entladung auf meiner Brust „Fump!"

„Piiiiiiep", stelle ich mich tot, weil es so viel Spass macht.

„Volle Power! Fiiiiiiiiieh – FUMPH!" kreischt sie.

„Oh, wo bin ich? Im Himmel? Ich habe geträumt, ich hätte den besten Sex meines Lebens gehabt – ganz ohne Unterbruch!"

„Dummkopf. Das war mit mir vor zwei Minuten. Soll ich dir zeigen wie's geht?" Und wir treiben es gleich noch mal.

Am Nachmittag kaufen wir zwei Pfeffersprays und eine Daunendecke. Danach setze ich mich ans Internet und ersteigere zwei nicht registrierte, videotelefoniefähige Handys bei Ebay. Nicht ganz günstig, aber damit werde ich Mike los.

„Schatz sie mal, du hast Post aus den USA", ruft Nathalie, die meine Post aus dem Briefkasten geholt hat.

„Ach ja? Zeig mal her." Sie reicht mir den Brief. „Er ist von Brad Pitt aus Brooklyn. Hä?"

Ich schaue noch mal auf den Absender, aber es stimmt. Mit Verwunderung öffne ich den Brief. Er ist von Hand in kleinen Buchstaben auf dünnem Papier geschrieben, wie man es früher für die teure Luftpost aus Gewichtsgründen verwendete. Ich lese laut vor.

„VERTRAULICH

Lieber Pit
sicher bist du überrascht einen Brief aus ‚Breukelen' zu erhalten.

Der Brief kommt von Killer George! Dem Typen, der mich im Flug nach New York festgenommen hat. Ich habe dir von ihm erzählt."

„Ja. Ich weiss wen du meinst. Lies weiter."

„Was ich dir zu sagen habe, möchte ich aber lieber nicht über das Internet schicken. Emails werden durch das Carnivore System des FBI laufend überwacht. Antworte also auf KEINEN

Fall per eMail auf den Inhalt dieses Briefes. Vernichte diesen Brief, nachdem du ihn gelesen hast. Dies ist sehr wichtig, ich vertraue Dir!"

„Hä?" sage ich.

„Komm lies weiter!" fordert mich Nathalie ungeduldig auf.

„Ich habe mich bei meinen Kollegen etwas über den Tod deines Bruders umgehört, und was ich gehört habe, wird dir nicht gefallen. Was im offiziellen Bericht steht (ich habe ihn gelesen), ist nicht die Wahrheit. Es gab sehr wohl Zeugen. Zwei Zeugen haben beobachte, wie dein Bruder im Central Park (und nicht auf offener Strasse wie es im Bericht steht) von einem Mann aus nächster Nähe mit drei Schüssen niedergestreckt wurde. Ich konnte es erst selber nicht glauben und habe einen der Zeugen ausfindig gemacht. Der Stadtstreicher (ich kenne ihn, er trinkt, ist aber zuverlässig) hat mir geschildert, wie der Mann ohne ersichtlichen Grund und ohne ein Wort zu sagen, auf deinen Bruder zuging und ihn erschossen hat. Dann ist er ganz ruhig davon gelaufen. Die Schüsse waren kaum zu hören, was auf einen Schalldämpfer schliessen lässt. Pit, die Sache stinkt gewaltig!

Das war mit Sicherheit ein Profi! Wer ihn geschickt hat, weiss ich nicht. Und ehrlich gesagt, will ich es auch gar nicht wissen. Nur so viel: Dass die Polizei einen Auftragsmord zu vertuschen versucht, lässt nichts Gutes erahnen. Es könnte aber tatsächlich eine Verwechslung und damit ein Versehen gewesen sein. Denn zwei Tage später wurde ein vergleichbarer Mord begangen. Drei Schüsse in den Kopf eines Ägypters mit ähnlicher Statur wie dein Bruder. Ich vermute denselben Täter...

Mit diesem Brief setze ich mich grosser Gefahr aus. Bitte vernichte ihn gleich, wenn du fertig gelesen hast. Ich empfehle dir keine weiteren Nachforschungen zu betreiben. Wenn die NSA, oder der CIA dahinter steckt, lässt du besser die Finger davon.

Ich dachte, du solltest wenigstens wissen, was wirklich geschehen ist. Ich werde sonst mit niemandem darüber reden und dir empfehle ich das Gleiche!

Herzlicher Gruss aus Brooklyn!

PS: Mein kleiner Bruder ist vor zwei Tagen im Irak gefallen"

„Scheisse. Shit! Fuck!! In was für einer bekackten Welt leben wir hier eigentlich? Bush schickt zigtausend junger Männer in den Tod und gibt meinen Bruder zum Abschuss frei. Die Russen spannen mit der Mafia zusammen und keiner wird zur Rechenschaft gezogen!"

„Das ist wirklich furchtbar Pit. Tut mir echt leid."

„Scheisse, den Präsidenten sollte man vierteilen und zusammen mit Mike und seinen Kumpanen auf den Mond schiessen!"

„Aber dann wären wir auch nicht besser als sie", entgegnet Nathalie.

„Doch! Solche skrupellosen Lügner, Mörder und Drogendealer würde nämlich kein Schwein vermissen!"

„Da hast du auch wieder recht."

Mit dieser Antwort gibt mir Nathalie das OK Mike los zu werden.

Am Donnerstag bekomme ich die UMTS Handys mit der Post geliefert. Ich mache mich in der Garage an die Arbeit. Am Abend bin ich mit den Modifikationen und Vorbereitungen fertig.

„Ich geh noch kurz weg", rufe ich aus der Garage nach oben.

„OK, wann bist du zurück?"

„Kann später werden. Ich treffe noch ein paar alte Freunde!"

„Is gut. Ich geh früh schlafen. Ich hab morgen Frühschicht."

Ich schwing mich auf meine Harley und fahr in die X-Bar, quatsche mit ein paar Freunden und trinke Wasser mit Limette, das sieht aus wie Mochitos. Um halb zwei nachts mache ich mich auf den Weg zu Mikes Haus. Ich weiss nicht, ob er zu Hause ist. Aber wenn ja, dann wird er jetzt auch schlafen. Meine Harley stelle ich drei Strassen weiter weg ab und gehe zu Fuss zur Tiefgarage, die zu Mikes Haus gehört. Mit einem Schraubenzieher öffne ich lautlos das Garagetor. In der dritten

Reihe steht er, der Prowler von Mike. Eigentlich ein ganz originelles Fahrzeug, nur die Motorisierung lässt etwas Power vermissen, aber nur, wenn man weiss, was eine vierzig Jahre alte Corvette leistet. Ich schleiche mich zur Front des Fahrzeuges und lege meinen Rucksack mit den Utensilien behutsam auf den Boden. Aus dem Rucksack fische ich mein Spezialwerkzeug für einfache Türschlösser und ruckzuck ist der Wagen offen. Motorhaube auf und los geht's.

Zuerst montiere ich das modifizierte Handy hinter dem Frontgrill und verbinde das Ladegerät mit der Autobatterie. Damit bleibt der Handyakku immer schön voll. Jetzt lege ich den ersten Initialzünder an die Bremsleitung. Er wird reichen, um sie zu zerstören. Der zweite Initialzünder kommt an das Ende des Gaskabels. Hinter den Hebel, der das Gas betätigt, montiere ich eine zusätzliche Feder. Diese wird nach dem Absprengen des Gaskabels bewirken, dass der Motor sofort auf Vollgas geht. Der letzte Initialzünder kommt an den Behälter für die Scheibenwischerflüssigkeit, die ich noch durch Benzin ersetze. Das wird das finale Feuerwerk geben und jegliche Sicht nach vorne verunmöglichen. Jetzt noch die Kabel des Handy mit dem Schalter zur Batterie verbinden und ich kann einen ersten Test machen.

Shit, da fährt einer vor. Das Garagentor öffnet sich. Ich lege die Motorhaube vorsichtig runter und ziehe mich lautlos unter die Vorderachse von Mikes Prowler.

„Uahh!" Die Ölwanne des V6 knallt mir voll in die Eier. Warum muss diese Scheisskarre auch so tief liegen?

Ein Auto fährt in die Garage, parkiert und zwei Personen steigen aus. Ein Mann und eine Frau unterhalten sich während sie wieder verschwinden. Nochmals gut gegangen! Oah, mein Unterleib schmerzt.

Wieder unter dem Prowler hervorgekrochen, schalte ich mein zweites Handy ein und wähle die Nummer des Handys am Frontgrill des Prowler.

Dieses geht sofort auf Bildübertragung und ich sehe auf meinem Handy meine Beine vor dem Prowler. Prima, so kann ich jederzeit sehen, wann und wo Mike fährt. Jetzt den Code eingeben und senden. Ein leises Klicken verrät mir, dass der Schalter, der die Initialzünder bedient, funktioniert hat. Ich lege den Schalter zurück und verknüpfe ihn mit den Zündern – Fertig ist Mikes Rakete für seinen Flug zum Mond!

Am nächsten Morgen schlafe ich aus. Nathalie ist schon zur Arbeit und hat mir ein kleines Frühstück bereit gemacht.

„Hallo Liebster

Bin um Vier zu Hause.

Kuss Tiger Lilly"

Was für ein Schatz. Sie gibt sich alle Mühe, ihre Todesangst vor Mike zu verbergen. Aber den Prospekt von Neuseeland hat sie offen liegen lassen. Ich verstehe das als klare Aufforderung, etwas zu unternehmen. Dieses Wochenende wird Mike zum Mond fliegen. Der Countdown läuft.

„Hallo Eric, *long time no see*", begrüsse ich Eric an seinem Arbeitsplatz.

„Hallo Pit, sei gegrüsst." Wir umarmen uns. „Jetzt erzähl mir aber nochmals die ganze Story. Was du mir am Telefon gesagt hast, klang einfach unglaublich."

Ich erzähle ihm die ganze Geschichte ausführlich und auch von Georges Brief aus Brooklyn.

„Verdammt, was ist eigentlich los in dieser Welt. Wo bleibt die Gerechtigkeit?"

„Meine Worte Eric. Aber wir sind machtlos, ohne Leiche und Beweise können wir rein gar nichts unternehmen."

„Man sollte diese Typen alle – ich weiss nicht – zurückbilden und abtreiben!"

„Hab ich schon in Erwägung gezogen, aber die Wissenschaft ist leider noch nicht so weit – ich hab's recherchiert!"

„Übrigens habe ich wegen Rob schon alles in die Wege geleitet. Wusstest du, dass er kremiert werden wollte?"

„Nein, wenn ich das gewusst hätte, hätte ich ihn im Handgepäck von New York mitgebracht. Hast du schon..?"

„Ja, wir konnten nicht länger warten weil – na du weisst schon. Tote beginnen halt zu .."

„Stinken, schon klar. Wann wurde er kremiert?"

„Als du in St. Petersburg warst."

„Hatte er einen Wunsch, was mit seiner Asche geschehen soll?"

„Ja, er wollte, dass man seine Asche auf dem Espenmoos verstreut"

„Was, auf dem Fussballplatz?"

„Genau."

„Scheisse, das wird nicht einfach sein."

„Na ja, eine Bewilligung werden wir sicher nicht erhalten. Ich hab Karten für das Spiel am Samstag. Kommst du mit?"

„Wer spielt und was machen wir mit Rob?"

„Den nehmen wir mit. Es spielt der FC St.Gallen gegen den FC Basel."

„OK, wenn es sein letzter Wille war, dann werden wir ihn erfüllen. Hast du eigentlich mal etwas von Mike gehört?", frage ich.

„Nein, er scheint wieder hier zu sein. Hab ihn heute morgen mit seinem gelben Flitzer gesehen. Hat er euch belästigt?"

„Nicht seit unserer Rückkehr. Was vorher war, übersteigt wohl den Begriff belästigen."

„Kann man wohl sagen. Soll ich ihn mir mal zur Brust nehmen?"

„Nein, so lange er sich ruhig verhält, will ich nichts unternehmen", lüge ich. Aber das Fussballspiel am Samstag kommt mir als Alibi sehr gelegen.

„Na alles bereit Kumpel?" Eric sieht in seinen Fanklamotten aus wie ein Teenager mit grau melierten Haaren, wenn man die Falten im Gesicht einmal ausser Acht lässt.

„Sicher!" Ich sehe einfach nur wie ein Depp aus.

„OK, dann mal los zu Robs Beerdigung!" Ich glaube, er hat schon ein Bierchen gezwitschert.

Wir nehmen Erics Wagen und fahren nach St.Gallen ins Espenmoos.

„Hey DJ, wirf mal etwas Musik an" übertönt Eric den Motorenlärm auf der Autobahn. Ich drücke auf die Powertaste. Queen ertönt, die Lieblingsband von Rob und offensichtlich auch von Eric. Eric singt laut mit und ich stimme ein.

„Iiiiiiebrahiiihiiim, Ibrahim, Ibrahim
Allah, Allah, Allah, Allah will pray for you.
Hey!
Mustapha, Mustapha, Mustapha Ibrahim"

Ich binde mir den Fan-Schal als Turban um den Kopf und wir grölen gemeinsam, bis wir ankommen.

Das in die Jahre gekommene Stadion fasst gerade mal elftausend Zuschauer, dafür ist es meistens voll und die Stimmung gut. Wir holen uns beide ein Bier und eine St.Galler Bratwurst, bevor wir unsere Plätze suchen. Eric hat uns Sitzplätze in der vordersten Reihe organisiert. Es dauert noch zwanzig Minuten bis das Spiel beginnt. Wir geniessen die Stimmung und unsere Bratwürste.

Mal sehen, ob Mike unterwegs ist. Ich wähle das Handy an Mikes Auto an. Eine Graue Wand erscheint. Mist, sein Wagen steht noch in der Garage.

Das Spiel beginnt und St.Gallen geht nach drei Minuten und einem dummen Fehler in der Offsidefalle der Basler, mit einem herrlichen Heber in Führung. Das Stadion kocht!

Das Resultat bleibt in der ersten Halbzeit gleich. Auch Mikes Wagen bleibt in der Garage.

In der zweiten Halbzeit geht St.Gallen sogar durch ein überraschend erfolgreiches Dribbling zwei null in Führung. Das Stadion bebt und ich auch. Mike ist seit fünf Minuten unterwegs. Doch jetzt hat er angehalten. Ich kann nicht erkennen wo er ist, man erkennt nur eine Wiese mit einer Kuh. Jetzt sehe ich ihn am Wagen vorbei laufen. Dann fährt er weiter. Offenbar ist er einmal um den Wagen gelaufen. Er fährt zügig über eine Landstrasse in einen Wald. Jetzt! Null-null-sieben und Enter.

Das Bild vibriert, ich kann kaum etwas erkennen. Es wird heller, dann hellblau, dann kommt etwas näher und schliesslich ist es dunkel. Ich stelle mir vor, wie der Wagen über die Strassenkante rast, in den hellblauen Himmel steigt und sich als grosser Feuerball mit Mike in den Acker bohrt.

„Yeehaa!" schreie ich vor Freude.

„Sag mal spinnst du? Basel hat das Tor geschossen, nicht St.Gallen!"

„Ach eh so. Ja, hab wohl gerade nicht aufgepasst."

„Ja Mann, schalt mal endlich das blöde Handy aus!"

Wie ein kleines Geburtstagskind starre ich auf mein Handy. Die Verbindung ist zwar abgebrochen, aber ich stelle mir den Unfall wieder und wieder vor. ‚Hahaah Mike ist tot, Mike ist tot und ich bin frei!' jubiliere ich innerlich.

„Sag mal, was grinst du denn so blöd? Und schalt endlich dieses dämliche Handy aus!"

„Ach ich hab nur gerade etwas bei Ebay ersteigert. Nichts besonderes. Möchtest du noch ein Bier?"

„Ja gerne."

Ich gehe hinter die Tribüne und tanze einen indianischen Siegestanz.

„Hejajajaja-hejajajaja bye bye Mike!" singe ich dazu. Bei all den betrunkenen Fans, falle ich nicht einmal auf. Mit den zwei Bier komme ich zurück zu Eric.

„Und, ist was passiert?"

„Nein immer noch zwei null, aber die Basler setzen jetzt ungeheuer Druck auf. Noch zehn Minuten!" liest er von seiner Uhr ab.

„Nach zwei Lattenschüssen der Basler und fünf Minuten Nachspielzeit ist das Spiel gewonnen. Ich platze förmlich vor Freude.

„Wo ist Rob?" frage ich.

„Hier." Eric nimmt eine einfache Urne hervor. „Darf ich auch?"

„Klar wir machen halbe halbe." Ich nehme die Urne als erster und renne mit hundert anderen Fans auf den Platz. Das obligate *we are the Champions* läuft über die Lautsprecher. „Ja Rob, wir haben gewonnen. Die Guten haben diesmal gewonnen!" schreie ich und verteile die Hälfte der Asche auf dem Platz. Dann reiche ich die andere Hälfte von Rob an Eric weiter. Er küsst die Urne und verabschiedet Rob für immer auf den heiligen Rasen. Wir tanzen wie die Irren und singen mit. Rob hätte es genau so gewollt.

Als der Freudentaumel zu Ende ist, gehe ich noch das Bier rauspissen. Eric wartet geduldig draussen. Er hat sein Handy am Ohr und krümmt sich vor lachen.

„Das muss ich sofort Pit erzählen. Der wird's mir nicht glauben! Tschüss." Er hängt auf.

„Was ist denn so lustiges passiert?"

„Das wirst du nicht glauben Pit. Eben ruft mich ein Kollege von einer Unfallstelle aus an. Sie heben gerade Mikes Wagen aus einem Teich!"

„Und was ist daran so lustig?" Mike ist doch tot – oder?

„Hör zu, das ist lange noch nicht alles. Bernd Reimann, der deine Corvette zu Schrott gefahren hat, sass am Steuer. Er war mit Mike auf einer Testfahrt, wollte die gelbe Pisskarre kaufen."

„Oh Gott, ist er auch tot?"

„Nein, wart's ab, die Story geht noch weiter", berichtet er mit Lachtränen in den Augen. „Also die zwei auf einer Testfahrt, wie bei dir verstehst du? Und dann gibt Reimann plötzlich Vollgas, fliegt aus der nächsten Kurve, rast über zweihundert Meter durch einen Acker, rammt dabei eine Kuhtränke, das Auto fängt Feuer und landet schliesslich im Weiher. Zum Brüllen findest du nicht?"

„Und gab es Tote?" frage ich ungeduldig.

„Nö, Reimann hat sich seine neuen Zähne eingeschlagen", krümmt er sich vor Lachen „und Mike hat bloss ein paar Quetschungen abbekommen."

„Scheisse, verdammte Kacke! Warum ist dieses Arschloch nicht zur Hölle gefahren?"

„Komm schon Pit. Geschieht ihm doch recht. Seine Karre ist im Arsch und das hat er verdient!" sagt Eric, der sich langsam von seiner Lachattacke erholt.

„Ja du hast recht, das hat er verdient. Der arme Bernd. Muss schon wieder zum Zahnarzt."

„Komm nimm's nicht so tragisch. Ist ja nichts weiter passiert."

„Eben", murmle ich. Scheisse, ich kann's nicht fassen. Warum hat ihn der Teufel nicht abgeholt? Ich habe ihn doch so schön auf dem Präsentierteller serviert. Er brauchte nur noch zuzugreifen!

Auf der Rückfahrt singen wir zu Beatles.
"When I get to the bottom I go back to the top of the slide
Where I stop and I turn and I go for a ride
Till I get to the bottom and I see you again
Yeah yeah yeahea

Now Helter Skelter
badadadadam
Helter Skelter…"
Wie wahr, mein Leben ist eine nie endend wollende Achterbahn, und ich werde diesen Pisser einfach nicht los. Was soll ich jetzt tun?

Mein Handy klingelt. Es ist Nathalie, die mir bestürzt vom Unfall berichtet. Und ich Arschloch habe ihrem Bruder auch noch seine vierten Zähne verpasst. Ich fühle mich beschissen.

Zwei Tage später besuche ich aus Gewissensbissen Bernd. Er ist schon wieder zu Hause, aber die Zahnlücke klafft hinter seinen geschwollenen Lippen.

„Na Bernd, soll ich dir mal Fahrstunden geben?"

„Ha ha, sehr lustig!" antwortet er beleidigt. „Ich konnte gar nichts tun, die Scheisskarre ist plötzlich ganz von alleine durchgedreht."

„Sicher." Ich will das natürlich nicht näher erläutern.

„Siehst du. Die Bullen glauben mir auch nicht und dieser Scheiss-Mike sitzt bei einem Kuraufenthalt am Zürichsee und will, dass meine Versicherung blecht. Kannst dir vorstellen was die zu mir sagen. Ehrlich glaub mir, ich kann nichts dafür!"

„*Ich* glaub dir Bernd."

„Danke, aber das nützt mir herzlich wenig." Er wiederholt die Geschichte, die wahre Geschichte noch fünf Mal, bevor ich versuche, mich von ihm zu verabschieden.

„Hör mal Bernd, ich kann dir wirklich nicht helfen. Ich muss jetzt."

„Doch Pit, du bist doch Automechaniker. Du könntest dir den Wagen mal unter die Lupe nehmen. Du bist der Einzige, der mir glaubt."

„Ich weiss nicht Bernd. Das ist nicht so einfach." Würde mir aber prima in den Kram passen. Ich könnte alle Spuren schön verschwinden lassen.

„Lass mich meine Versicherung bitten, dass du eine Expertise machst. OK?"

„Gut, weil du's bist Bernd. Aber jetzt muss ich wirklich."

Hey, Fortuna ist mir hold. So ein Glück! Ich werde dem Pisser schlechte Wartung unterschieben, dann muss er womöglich Bernd noch Schmerzensgeld bezahlen.

Auf dem Weg nach Hause, bin ich fast ein wenig gut gelaunt. Soll ihm eine Lehre sein.

„Hallo Schatz, ich bin's!" rufe ich wie gewohnt, als ich unser Heim betrete. Keine Antwort. Lauter: „Haaallo ich bin wieder daaaah!" Wieder nichts. Vermutlich ist sie einkaufen, oder bei Freunden. Ich werfe den TV an.

Ich zappe auf das zweite Schweizer Fernsehen, wo praktisch den ganzen Tag live über das World Economic Forum berichtet wird. Bushs Ankunft ist das Highlight. Bilder von der Airforce One, wie sie auf dem Unique Airport in Zürich landet, werden ausgestrahlt. Bush, wie er aus der Maschine steigt und den fünfhundert Meter entfernten Demonstranten freundlich zuwinkt. Diese winken mit grossen Plakaten zurück, auf denen steht „Bush go home" – und das sind noch die freundlichen. Dieses selbstgefällige Arschloch grinst einfach nur dumm in die Menge. Vermutlich kann er die Plakate aus der Entfernung nicht lesen.

Die Bundespräsidentin Micheline Calmy-Rey begrüsst George auf dem roten Teppich und man geht gemeinsam die Militärparade sichtlich gelangweilt ab. Bush steht plötzlich vor einem Rednerpult und den versammelten Medien.

„Es ist mir eine grosse Freude die Schweiz und das World Economic Forum besuchen zu dürfen. Die Welt steht vor grossen Herausforderungen und ich bin sicher, dass wir gute Gespräche und wichtige Kontakte haben werden. Ich hoffe, dass ich auch etwas von den Bergen sehen werde. Auf jeden Fall werde ich Schokolade mit nach Hause bringen", sülzt er ins Mikro. Offenbar hat ihm keiner gesagt, dass Davos mitten in den Alpen liegt. Micheline Calmy-Rey schaut eher säuerlich drein. Vermutlich nervt sie sich wegen der dummen Bemerkung über die Schokolade. Aber in Georges Spatzenhirn hat es keinen Speicherplatz für andere Länder. Es dürfen keine Fragen gestellt werden und so begeben sich die Bundespräsidentin und Mister Präsident zu einem der zwei bereitstehenden Chinook Helikoptern und flattern ab in Richtung Davos.

Der Moderator vor Ort berichtet noch über die hohen Sicherheitsvorkehrungen. So durfte während der ganzen Zeit kein Flugzeug starten oder landen, keine Fahrzeuge auf dem Gelände unterwegs sein und die Gullydeckel wurden schon letzte Woche versiegelt. Die Kosten für den Flughafenbetreiber werden auf eine Million Franken geschätzt.

Jetzt spricht die Moderatorin aus dem Studio live mit dem Moderator am Flughafen.

„Wir haben eben die Aufzeichnung der Ankunft des Präsidenten am Flughafen gesehen. Konnten sie mit dem Präsidenten sprechen?" So eine blöde Frage. Wir haben doch eben gesehen, dass keiner Fragen stellen konnte.

„Nein. Der Präsident hat nur ein paar kurze Worte zu den Medien aus aller Welt gerichtet und ist vor rund zwanzig Minuten mit dem Helikopter nach Davos geflogen." Tja, wer dumm fragt, bekommt auch keine gescheite Antwort.

„Können sie sonst noch etwas berichten?", fragt die Dame im Studio sensationsgeil.

„Nun, die ersten Maschinen dürfen jetzt wieder landen. Die Sicherheitsvorkehrungen waren enorm. Die Demonstranten auf der Zuschauertribüne, welche sie hinter mir sehen, mussten Stunden lang anstehen und sich Leibesvisitationen unterziehen lassen, was zu kleineren Tumulten geführt hat."

„Werden Micheline Calmy-Rey und der Präsident Gespräche führen?"

„Offiziell ist ein halbstündiges Gespräch geplant, aber ich denke man wird sich während dem Flug auch noch das eine oder andere zu sagen haben. Vielleicht noch eine kleine Anekdote. Unter den lokalen Journalisten macht der Witz die Runde, dass der Präsident gefragt haben soll, weshalb er die Bundespräsidentin denn *Ray* nennen soll, wo sie doch Micheline heisse. Er habe wohl verstanden „Call me Ray" anstatt Calmy-Rey." Das passt. Ein Präsident, der zu dumm für die Politik, aber so mächtig ist, dass er ungeschoren davon kommt, wenn seine Jungs meinen Bruder liquidieren.

Es folgen die Wetterprognosen. Für die nächsten Tage ist dunstiges Wetter mit vereinzelten Nebelbänken über dem Mittelland angesagt.

Jemand klingelt an meiner Tür. Ich schau zum Fenster raus und sehe eine Frau und einen Mann im Hof stehen. Ich eile runter.

„Grüezi?"

„Guten Tag Herr Brad. Wir sind von den Zeugen Jehovas."

„Ja haben sie es auch gesehen?", unterbreche ich ihn bevor er seinen Satz beenden kann.

„Was gesehen?", fragt er überhöflich und verwundert.

„Na das mit Jehova!"

„Wie – was mit Jehova?". Er wirkt schon leicht irritiert.

„Wie denn – sie haben das mit Jehova gar nicht gesehen?"

„Nein, ich glaube nicht."

„Ja was wollen sie denn? Sie klingeln bei mir, behaupten sie seien Zeugen, haben aber nichts gesehen und glauben tun sie's auch nicht?"

„Ehm", ringt er nach Argumenten „ich glaube das war anders gemeint."

„Es tut mir schrecklich leid, aber können sie nicht wieder kommen, wenn sie sich sicher sind? Ich habe keine Zeit für Vermutungen. Auf Wiedersehen." Ich knalle ihnen die Tür vor der Nase zu und beobachte durch den Spion sein verdattertes Gesicht und höre noch wie er von ihr angeschissen wird, weil er sich so dumm benommen hat. Ich muss leise lachen.

Mein Handy meldet einen Anruf. Hm? Unterdrückte Nummer? Sicher nur einer, der mir irgend ein Abo verkaufen will. Den werde ich auch gleich verarschen.

„Psychiatrie Littenheid", melde ich mich.

„Eh, falsch verbunden – tuuut" Aufgelegt. Sekunden später klingelt es wieder.

„Gartenbau Hollenstein", melde ich mich diesmal.

„Hallo? Ist das nicht die Nummer von Pit?"

„Nein Gartenbau Holzbein."

„Sagten sie nicht eben Hollenstein?"

„Genau." Pause - rascheln. „Gib schon her!" höre ich eine zweite Stimme.

„Pit bist du's? Hier spricht Mike." Scheisse, der hat mir gerade noch gefehlt.

„Hör mal Mike, mit dem Unfall hatte ich nichts zu tun, falls du das denkst", gebe ich gestresst zur Antwort.

„Ach, da steckst *du* kleiner Pisser dahinter?" Shit, jetzt habe ich Depp dem Arsch auch noch einen Hinweis gegeben.

„Nein, eben nicht. Ich war in St.Gallen an einem Fussballspiel!" versuche ich meine Haut zu retten.

„Halt die Klappe und hör mir genau zu. Nathalie ist bei mir und wir verbringen ein paar nette Stunden in meiner Waldhütte. Die Kleine ist ganz scharf auf unsere Schwänze!"

„Du Schwein, wenn du sie auch nur anrührst, dann ..", schrei ich ins Telefon.

„Dann was? Was willst du armseliges Würstchen denn tun? Heulen?"

„Ich werd dich – ich..", ringe ich nach leeren Drohungen. „Gib sie mir ans Telefon!"

Einen Moment höre ich nur etwas Musik und kreischende Menschen..

„Pit!?"

„Nathalie! Geht es dir gut? Keine Angst, ich werde dich da rausholen!"

„Was willst Du? Sie rausholen?" Mike hatte wohl den Hörer schon wieder am Ohr.

„Was willst du Mike, wir haben dir nichts getan!"

„Ach, und was war das in St.Petersburg? Ihr wolltet eine Geburtstagsparty organisieren?"

Er weiss Bescheid - über alles. Juri dieses Arschloch hat uns verpfiffen!

Ich versuche eine letzte Drohung. „Die Polizei wird dich schnappen!"

„Warum denn? Nathalie ist freiwillig hier. Also ich muss dann Kleiner. Nathalie hat noch nicht genug von mir", Tuuuuut'

Er hat aufgelegt. Dieses verdammte Schwein hat Nathalie in seiner Gewalt. Ich muss Nathalie befreien! Wo sind sie? Mein Hirn arbeitet auf Hochtouren, während es mir die Luftröhre zuschnürt. Waldhaus, Autobahn und sonst? ,Kuraufenthalt am Zürichsee', hatte Bernd gesagt. Am Zürichsee gibt es vermutlich tausend Waldhäuser. Und Kurhäuser? Muss nicht in der Nähe sein.

Warte mal - die Musik, die kreischenden Menschen. Das habe ich schon mal gehört. Wo habe ich das schon mal gehört? Soll ich Eric anrufen? Nein, ich muss das alleine durchziehen. Das ist ein Ding zwischen Arschloch und mir.

Alpamare, der Wasserpark in Pfäffikon, das ist es! Die Musik ist der Endlos-Trailer, der draussen bei den Wasserrutschen läuft und die kreischenden Menschen – na klar. Sie müssen in der Nähe des Alpamare sein. Nervös starte ich den Computer und suche nach ,Waldhaus Pfäffikon'. Nichts Gescheites dabei.

Ich versuche es mit ‚Waldhütte Pfäffikon'. Auch nichts. Scheisse. Ich hole meine Dienstpistole aus der Kommode und entscheide mich, auf gut Glück zu suchen. Die Treppe runter zu meiner Harley nehme ich in drei grossen Schritten.

Mit teilweise Tempo hundertsechzig rase ich über den Rickenpass zum Seedamm, rüber nach Pfäffikon. Nach dreissig Minuten bin ich dort. Neue Rekordzeit.

Wo soll ich zu suchen beginnen? Ich entscheide mich für den Wald gleich hinter der Autobahn und dem Wasserpark. Meine Harley stelle ich am Waldrand ab und gehe zu Fuss. Meine Handschuhe lasse ich an und den Jethelm mit der Sturmmaske nehme ich mit. Ich fühle mich wie das Stürmungskommando der Polizei.

Der Waldboden ist feucht, aber auf dem Kiesweg sind keine Reifenspuren zu entdecken. Ich mache mich zügig auf den Weg in den Wald. Nach zehn Minuten Marsch treffe ich eine Spaziergängerin mit ihrem Hund.

„Guten Tag. Können sie mir vielleicht helfen? Ich suche eine Waldhütte. Wir haben dort einen Firmenanlass", frage ich die alte Dame.

„Meinen sie die Pfadfinderhütte? Junger Mann, da sind sie aber völlig falsch. Sind sie zu Fuss?"

‚Nein ich habe meinen Schützenpanzer nur eben in die Hosentasche genommen', denke ich. „Ja, ich bin zu Fuss."

„Es ist gleich dort unten, aber durch den Wald ist es sehr unwegsam. Besser sie gehen diesen Weg zurück und nehmen am Waldrand die andere Abzweigung ein Stück zurück.

„Gleich dort unten sagen Sie?"

„Ja, aber es ist steil und schlüpfrig, sie könnten hinfallen."

„Ich bin gut zu Fuss, danke."

Ich wähle den direkten Weg quer durch den Wald. Wäre auch dumm, mich vom Kiesweg her anschleichen zu wollen. Der Boden ist lehmig und die nassen Blätter geben auch nicht gerade einen guten Halt. Nach einem halben Kilometer sehe ich den Waldrand. Die Hütte muss ganz in der Nähe sein. Ich kauere mich nieder und suche den Waldrand ab. Kann aber keine Hütte sehen. Ich gehe vorsichtig im Wald wieder in

Richtung Wasserpark zurück. Da! In etwa vierhundert Meter
Entfernung - eine Hütte. Eine dieser typischen Waldhütten, die
man für Partys mieten kann. In der Feuerstelle vor der Hütte
lodert ein kleines Feuer. Ein schwarzgekleideter Mann kommt
aus der Tür hervor. Ich lasse mich sofort zu Boden fallen.

„Pjotr!", scheisst ihn eine Stimme aus der Hütte an. Den Rest
verstehe ich nicht. Gott sei Dank, denn es ist Russisch! Ich hab
sie! Der Typ dreht sich um – und ich sehe, dass er Gewehr über
die Schulter gehängt hat! Am Holzschaft und dem typischen
Magazin erkenne ich, dass es eine Kalaschnikow ist. Was man
nicht alles lernt in der Armee. Er kehrt ohne die Kanone zum
Feuer zurück.

Scheisse, die sind schwer bewaffnet. Mit meiner Pistole habe
ich auf Distanz keine Chance. Ich muss herausfinden, wie viele
es sind und schleiche mich auf gut dreihundert Meter heran. So
wird er mich kaum treffen, sollte er mich entdecken und seine
Waffe holen. Kalaschnikows sind nicht sehr treffsicher.

Ich liege eine ganze Stunde regungslos am Boden. Pjotr ist
dreimal rein und wieder raus. Hat hinter die Hütte uriniert und
an die zehn Zigaretten geraucht. Endlich kommt ein zweiter
Typ aus der Hütte und schnorrt von Pjotr eine Kippe. Es ist
Mike. Sie quatschen miteinander und lachen. Was hat Mike
vor? Er hat keine Forderung gestellt. Bis jetzt wollte er mich
nur demütigen. Stimmt nicht, in St.Petersburg wollte er uns
töten! Er wird Nathalie töten, nur um mich zu quälen! Er wird
sie niemals laufen lassen.

„Ja, stöhn nur, es hört dich niemand!" ruft Mike auf Deutsch
und geht zurück in die Hütte. Nathalie lebt also noch. Ich muss
Zeit gewinnen. Am liebsten würde ich die Hütte stürmen, aber
dann würde er mich in Notwehr erschiessen und käme wieder
davon. Verdammt, was soll ich nur tun? Nathalie ist in
Lebensgefahr, ich friere, habe Hunger, bin verdreckt, kann
nichts tun – ich muss einen klaren Kopf kriegen. Langsam
krieche ich weg von der Hütte und laufe schliesslich zurück zu
meiner Harley. Hätte Mike Nathalie jetzt töten wollen, hätte er
es schon getan. Ich zücke mein Handy und rufe Nathalies
Nummer an. Irgendjemand wird schon abnehmen.

„Tuut – tuuut – der Abonnent mit der Rufnummer Null neunundsiebzig vier.." Es kommt nur die Combox. Logisch, Nathalie wurde ja entführt und hat natürlich ihre Handtasche nicht dabei.

Mein Blutzucker droht abzustürzen und mein Bauch verlangt nach schneller Nahrung. In diesem Zustand fällt es mir schwer nachzudenken. Ich setze mich auf meine Maschine und fahre los. Raus aus Pfäffikon auf der Seestrasse in Richtung Bäch. Ziellos biege ich in Freienbach links ab. Oben am Hügel sehe ich durch den aufkommenden Nebel das goldene M der Autobahnraststätte Fuchsberg. Es ist keinen Kilometer entfernt. Ja, das passt. Einen schnellen Big Tasty bei McDonalds reinziehen. Keine Bedienung, oder sonst jemand mit dem ich reden muss! Ich muss nur meinen Blutspiegel wieder hoch kriegen, dann wird mir schon was einfallen.

Eigentlich wäre ich schon fast dort, aber die offizielle Zufahrt über die Autobahn ist mir zu weit. Ich müsste nochmals alles zurück bis nach Pfäffikon, weil das naheliegende Schindellegi nur eine Auffahrt Richtung Chur hat und keine in Richtung Zürich. Gott allein weiss wer diesen, in der ganzen Schweiz einmaligen, Blödsinn geplant hat. Also nehme ich kurz entschlossen die Strasse den Hügel rauf. Nochmals links – ups, da kommt der Wald. Aber das Strässchen macht gleich eine Rechtskurve aus dem Wald heraus und bei einer letzten Abzweigung nach Nirgendwo stehe ich keine hundert Meter unter dem Restaurant. Und siehe da, es geht sogar ein Treppchen rauf zum Rastplatz. Ich freue mich schon auf meinen Big Tasty! Mein Magen rebelliert schon ganz schön heftig.

Ich halte die Maschine am Strassenrand an. Beim Absteigen ist mir dann doch recht flau in der Magengrube. Boah, mir wird sogar etwas übel. Die Warterei im Wald hat ziemlich an meinen Nerven gezerrt. Outsch! Leck mich am Arsch, das fühlt sich gar nicht gut an. Ich muss mich kurz auf die Maschine Aufstützen. Ein dumpfer Schmerz in der Magengegend lässt nicht locker. Ich atme tief durch. Die frische Luft tut gut, aber die Übelkeit bleibt.

Ich quäle mich das Treppchen hoch. Vor dem Eingang zum Mac, kommt mir eine dicke Wolke Frittieröl entgegen, die mir fast den Rest gibt. Ich eile schnurstracks zur Toilette und erlaube mit sogar auf die Behindertentoilette zu gehen, um mich in Ruhe übergeben zu können. Ich knie vor die Schüssel, ziehe schnell die Sturmhaube vorn über den Jethelm und atme schwer. Boah ist mir schlecht, aber ich wehre mich dagegen mich zu übergeben, weil ich es so sehr hasse.

Die Schüssel ist frisch geputzt. Überhaupt ist die sehr geräumige Behindertentoilette klinisch sauber. Der Boden war es auch, bevor ich den halben Wald reingebracht habe.

Langsam geht die Übelkeit etwas zurück. Ich kauere mich neben der Tür an die Wand und versuche wieder normal zu atmen. Puh, das war echt schlimm. Ich brauche noch etwas Ruhe, bevor ich auch nur an einen Big Tasty denken kann.

Ich suche ein Taschentuch in meiner rechten Jackentasche aber finde nur Robs Taschenmesser und die Plastiktüte mit Mikes Haaren. Dieses arrogante Arschloch. Ich werfe die Tüte in den Abfalleimer.

Die Klinge von Robs Taschenmesser lasse ich zur Ablenkung auf und zu schnippen. So sitze ich minutenlang da und versuche meine Gedanken zu ordnen. Das Meer verschluckt Elena, die Amis killen Rob und ein Mafiakiller steht kurz davor Nathalie zu töten. Wut und Ohnmacht tragen einen heillosen Krieg in meinem Körper aus. Ich fühle mich elend und sehe mir gedankenverloren die Klinge von Robs Messer an. Die Wellen der Damastklinge erinnern mich ans Meer.

Die Türe neben mir öffnet sich weit in meine Richtung. Ich höre eine Männerstimme die sagt; „Clean!". Er hat wohl nicht den Boden gemeint. Die Türe bleibt offen und ein kleiner Mann in dunkelblauem Anzug betritt die Behindertentoilette. Die Türe schliesst sich wie von Geisterhand. Wie ich, vergisst er sie abzuschliessen, geht gerade aus zur Schüssel auf der anderen Seite und öffnet den Hosenschlitz.

Ich weiss nicht was ich tun soll. Wenn ich jetzt entschuldigend aufstehe, wird er sich seinen feinen Anzug voll pissen, also bleibe ich regungslos in der Hocke. Seine schwarzen Schuhe sind auf Hochglanz poliert.

Mein Blick schweift zum Spiegel auf unserer Linken, in dem ich an seinem Ohr vorbei gerade noch sein Profil erkennen kann. Mich trifft der Schlag. Der Präsident! George Bush steht da und versucht zu pinkeln! Was zum Teufel? Aber klar! World Economic Forum Davos, Nebel, nicht fliegen, zwei Stunden Autofahrt, Pinkeln. Wenigstens hat er jetzt die Berge geseh...

Heureka – Plan B!

Reflexartig ziehe ich meine Sturmmaske herunter, stehe auf und gehe zwei Schritte auf ihn zu. Erschrocken dreht er sich zu mir um, seinen schrumpligen Schwanz in der Hand. Ich sehe in seine weit geöffneten Augen, als sich sein Mund unter der Habichtnase öffnet. Doch die Klinge hat seine Krawatte bereits durchtrennt und bohrt sich tief ins Fleisch, bis hinunter zur Aorta. Genau wie es der Messerverkäufer beschrieben hatte. Sein blütenweisses Hemd verfärbt sich in ein glänzendes hellrot. Mit seiner Rechten greift er schwach nach meinem Arm. In seinen Augen sehe ich den Tod von tausend Seelen, darunter seine eigene.

„Daswidanje Tawarisch", flüstere ich ihm ins Ohr.

Er knickt langsam auf die Knie und ich lasse ihn lautlos zu Boden gleiten.

Traurig, wie der kleine Mann da in seinem Blut liegt. Ich klappe Robs Taschenmesser zu und stecke es in die Jackentasche, fische die Plastiktüte aus dem Müll und drücke ihm Mikes Haare in die Hand.

„Mister President? Everything OK?", fragt eine Stimme direkt an der Tür.

Ich trete mit voller Wucht gegen die Tür. Der am Boden liegende Agent hält sein blutendes Gesicht. Der zweite Agent schüttelt gerade seinen Schwanz über dem Pissoir ab. Mit einem Satz bin ich im Restaurant und mit drei Schritten aus dem Schnellimbiss raus. Auf dem Parkplatz stehen vier gepanzerte Audi und vier Polizeimotorräder. Drumherum ein duzend Agenten. Keiner sieht rüber, als ich die zehn Meter am Gebäude entlang bis zur Treppe im Spurt hinter mir lasse. Mit einem Satz springe ich über das Gartentor die Treppe runter, drei Stufen gleichzeitig nehmend. Erst als ich bereits hundert Meter weiter unten im dicken Nebel bei meinem Motorrad angekommen bin, höre ich oben hektische Stimmen. Ich schaue nach oben, aber die Meute ist hinter dem Horizont. Niemand kann mich sehen.

Hastig schiebe ich meine Harley auf das abfallende Strässchen und schwinge meinen Arsch auf den Sattel. Lautlos rolle ich auf der Landstrasse den Hügel runter. Nur das leise Surren der Reifen ist zu hören. Ich gewinne immer mehr an Tempo und sause gemütlich in den Wald und weiter bis zur nächsten Strasse runter. Der Nebel hat mich vollends verschluckt, als ich weit hinter mir erste Polizeisirenen auf der Autobahn höre. Niemand verfolgt mich. Ich werfe den zweiten Gang rein und lasse den Motor anspringen.

Ich entscheide mich für den Seedamm als Fluchtweg. Die Polizei wird zehn bis zwanzig Minuten brauchen, bis erste Strassensperren errichtet werden. Bis dann bin ich längst auf der anderen Seeseite und im dichten Strassennetz hinter Rapperswil kann ich mich besser absetzen.

Auf dem Seedamm kommt mir nur ein alter VW Käfer mit einer angestrengt auf die Strasse schauenden Oma entgegen. Danach bin ich auf dem Damm alleine. Auf der Brücke zwischen Hurden und Rapperswil halte ich an. Ich nehme das blutverschmierte Messer von Rob in die Hand und will es in den See werfen. Nein. Moment. Plan B ist noch nicht fertig.

Schnell stecke ich die Sturmmaske und die Handschuhe zu meinem besten Stück und kehre das rote Futter meiner Motorradjacke nach aussen. Fertig ist meine improvisierte Verkleidung. Die Aktion hat mich eine halbe Minute gekostet. Kein einziges Auto ist um diese Zeit unterwegs.

Ich will die kostbare Zeit nutzen und mich so schnell wie möglich vom Tatort entfernen. In Rapperswil sind die Ampeln nervig geschalten, aber ich will nicht riskieren beim Überfahren einer Ampel geblitzt zu werden, also halte vor jeder roten Ampel, was mich viel Nerven kostet. Sehen mich die

Fussgänger an? Nein, sicher nicht. Der Mord ist ja erst fünf Minuten her. Der Mord. Scheisse, ich habe doch glatt den Präsidenten umgebracht. Die Ampel wird grün und ich bemühe mich unauffällig und so leise wie es mit einer grossen Harley möglich ist, loszufahren. Ich bin hellwach, die Bauchschmerzen und der Hunger sind vom Adrenalin verdrängt.

Bei Jona fahre ich auf die Zürcher Oberlandautobahn bis nach Uznach. Von dort fahre ich in gemütlichem Tempo über Wattwil Richtung Wilen. Es herrscht wenig Verkehr. Weit und breit ist keine Sirene zu hören.

Oh, oh was ist das? Scheisse, die Bullen stehen am Strassenrand. Beim Näherkommen, sehe ich, dass sie beginnen eine Strassensperre zu errichten, aber ich fahre locker vorbei und niemand scheint sich um mich zu kümmern. Entweder ist meine Tarnung gut, oder sie wissen noch nicht, wen sie suchen.

Nach einer weiteren halben Stunde bin ich zu Hause. Die Harley stelle ich vorsichtshalber in die Garage. Meine Jacke kneift, also drehe ich das Futter wieder nach innen und hänge sie auf.

So und jetzt die Nachrichten und Eric informieren. Ich werfe erst den TV an. Auf Schweiz eins läuft ein alter Jerry Cotton – nichts. Auf Schweiz zwei läuft ein Cartoon – auch nichts. Hä? Da wird der Präsident im eigenen Land umgelegt und keiner merkt was? Ich zappe alle Kanäle durch – nichts, nada, niente! Das gibt's doch nicht. Ich lande wieder auf Schweiz eins und da, ein Lauftext am unteren Bildrand informiert: ‚Sondersendung über den Anschlag auf Präsident Bush um 17 Uhr – Weitere Informationen auf SF-Infokanal'

Aha, ich zappe auf den Infokanal. Na also, geht doch. Im Studio steht eine Dame und berichtet.

„Vor einer Stunde wurde in der Autobahnraststätte Fuchsberg an der A3 ein Attentat auf den amerikanischen Präsidenten verübt. Ersten Berichten zufolge, wurde er durch einen Mann in Motorradkleidern niedergestochen. Wir stehen jetzt in telefonischer Verbindung mit unserem Korrespondenten Peter Schneider vor Ort."

Im Hintergrund wird ein Archivbild der Raststätte gezeigt. Offenbar sind noch keine Übertragungswagen dort.

„Herr Schneider, weiss man schon mehr über den Zustand des Präsidenten?"

Was heisst denn da Zustand, er ist tot!

„Nein, der Präsident wurde vor einer halben Stunde mit der Ambulanz ins Universitätsspital gefahren. Ein Helikopter der Rettungsflugwacht kreiste zwar über dem Gelände, konnte aber wegen Nebel nicht landen. Man weiss nur, dass der Präsident kurz bei Bewusstsein war, als er abtransportiert wurde."

Oh, das hätte ich nicht gedacht. Er sah ziemlich tot aus.

„Konnte der Präsident Hinweise auf den Täter geben?"

„Ich denke nicht. Ich glaube nicht, dass er etwas gesagt hat. Es heisst, er habe sehr viel Blut verloren."

Dem Korrespondenten wird ein Papier in die Hand gedrückt. Er schaut kurz drauf.

„Eben erhalte ich die Mitteilung, dass in zehn Minuten eine erste Medienkonferenz abgehalten wird."

„Weiss man schon etwas über die Täterschaft? Gab es einen Bekennerbrief?" Mein Gott, wo lernt man eigentlich so sensationsgeil zu sein?

„Nein. Die Eskorte des Präsidenten hat ja offenbar nur für eine kurze Toilettenpause des Präsidenten hier angehalten. Und eigentlich war ja auch ein Rückflug per Helikopter von Davos nach Zürich geplant, der aber wegen des dichten Nebels nicht stattfinden konnte. Niemand konnte also vorhersehen, dass der Präsident kurz vor vier Uhr heute Nachmittag die Toilette des McDonalds benutzen würde, auch ein potentieller Attentäter nicht."

Wie wahr! Falscher Platz zur falschen Zeit, nennt man das glaub ich.

Jetzt Eric anrufen.

„Tuut – tuuut. Eric Kappel?" meldet er sich.

„Hallo Eric, Pit."

„Hallo Pit. Mann, hast du die Nachrichten gesehen?"

„Ja, hab's eben erfahren. Wahnsinn! Bist du im Einsatz?"

„Nein, leider nicht. Zu weit weg vom Tatort. Vermutlich rücken wir bald zur Fahndung aus. Strassensperren und so."

„Ach, wen suchen sie denn?"

„Bis jetzt weiss ich auch noch nicht mehr als das was in den Nachrichten erzählt wurde. Ein Typ in Motorradkleidung. Ich glaube sie werten gerade das Videoband vom MacDonalds aus."

Shit, daran hatte ich nicht gedacht, aber ich hatte ja die ganze Zeit meinen Helm auf. Also keine Panik auf der Titanic. Nein, Mist! Ich muss ja auf Panik machen. Nathalie ist ja entführt worden.

Ich spreche hektisch: „Hör zu Eric, ich habe etwas Wichtigeres! Nathalie ist von Mike entführt worden. Er hat mich eben zu Hause angerufen. Du musst mir helfen!"

„Was? Mike hat Nathalie entführt? Scheisse, bist du sicher?"

„Ja, ich sag doch, dass mich Mike eben selber angerufen hat. Ich hatte Nathalie kurz am Telefon! Ich weiss wo sie sind!"

„Du weisst wo sie sind?"

„Muss ich alles wiederholen? Ja Mann! Ich weiss wo er sie festhält. In einer Waldhütte gleich beim Alpamare."

„Das ist ein anderer Kanton."

„Leck mich am Arsch Eric! Hilfst du mir, oder was?!"

„Natürlich Pit, sorry ich war nicht ganz bei der Sache. OK wo genau?"

Ich erkläre Eric den genauen Standort und dass ich schwer bewaffnete Komplizen vermute.

„Scheisse Pit, wir werden Mühe haben meine Kollegen von der Jagd auf Bushs Attentäter abzuziehen."

„Aber Eric verstehst du denn nicht? Mike ist ein gefährlicher und schwer bewaffneter Typ, ganz in der Nähe des Tatorts. Wenn das keine heisse Spur für deine Kollegen ist, dann weiss ich auch nicht."

„Du hast recht. Auf so was kann nur ein Brad kommen! Ich informiere sofort meine Kollegen."

„Ja tu das, ich fahre auch gleich hin."

„Vergiss es! Du gehst nirgendwo hin!"

„Wie willst du mich davon abhalten?"

„Scheisse – ich komme mit dir!"

„Gut, bin in fünf Minuten bei dir."

Ich öffne das Garagentor, zieh die Abdeckung vom schwarzen 65er Sting Ray Cabrio. Sie ist zwar noch nicht restauriert, aber für eine Spritztour reicht's alleweil. Noch etwas Sprit rein, Blech dran und los geht's.

„Oiu." Shit Batterie unten. Starthilfe anhängen und „Oioioioi-VRUMMMMH!!". Starthilfe weg und ich weg.

Eric steht schon an der Strasse.

„Was, mit dem Ding willst du da runter fahren?", fragt er mich mit riesigen Augen.

„Quatsch nicht blöd und steig ein."

„Können wir nicht wenigstens das Verdeck schliessen?"

„Muss ich erst noch reparieren, komm steig schon ein!"

VRUMM-VRUMMH-VRRRUUAAAAARH!!! hämmern wir davon.

Ich muss schon sagen, das Teil geht ab wie Pressluft. Nur kann man bei offenem Dach kaum sein eigenes Wort verstehen, also schweigen wir mehrheitlich. Nach einer kühlen Fahrt kommen wir in Pfäffikon an.

„Und hast du schon etwas über Polizeifunk gehört?" frage ich Eric.

„Wie denn, bei dem Krach!"

Der Weg zum Waldrand ist bereits von der Polizei abgesperrt.

„Grüezi, hier können sie leider nicht durch", weist uns ein Polizist ein.

„Grüezi, mein Name ist Eric Kappel, Kantonspolizei St.Gallen und das ist Peter Brad. Bei der entführten Person handelt es sich um seine Freundin, und er hat uns den Tipp gegeben."

„Gut ich melde sie an, aber mit dem lauten Gefährt können sie nicht weiter, da müssen sie schon zu Fuss gehen", meint der Polizist freundlich. Ich stelle die Sting Ray am Strassenrand ab, so dass sie der Bulle im Auge behalten kann.

Zu Fuss gehen wir an der Abzweigung am Waldrand rechts und schon bald sind wir beim Einsatzwagen. Eric stellt uns vor, es wird leise gesprochen, obwohl wir noch über fünfhundert Meter von der Hütte entfernt sind.

„Wir beobachten die Hütte aus sicherer Entfernung. Bisher konnten wir zwei Personen erkennen. Einer ist mit einer Kalaschnikow bewaffnet", führt uns der Einsatzleiter in die Situation ein.

„Und wann stürmen sie die Hütte?", will ich wissen.

„Wir wollen warten, bis alle schlafen." Das leuchtet mir ein, aber ich will nicht warten.

„Aber sie wissen schon, dass der Eine - er heisst übrigens Michail Daschkow - ein Drogendealer und Menschenhändler ist. Die sind bestimmt bis oben hin voll mit Koks. Die werden sicher kein Auge zu tun", gebe ich zu bedenken.

„Woher wissen sie das?" fragt der Beamte misstrauisch.

„Wie ihr Kollege Kappel bereits sagte, ist es meine Freundin und Michail ist ihr Exfreund."

„Ach so."

„Können wir näher ran?"

„Unsere Leute sind bis auf etwa zweihundert Meter dran. Sie können meinetwegen bis dort vorne gehen." Er zeigt auf drei Grenadiere in hundert Meter Entfernung.

„Warten sie, die müssen sie anziehen." Er reicht uns zwei schusssichere Westen.

„Die sind aber leicht", sage ich.

„Das sind Kevlarwesten. Die halten eine Kalaschnikow aus mittlerer Distanz aus", belehrt mich Eric.

„OK gehen wir", gebe ich den Marschbefehl.

Kurz darauf sind wir bei den anderen, die mit Scharfschützengewehren am Boden liegen. Hier wird nur noch geflüstert.

„Und, ist was zu sehen?"

„Nein. Legt euch hin", befiehlt einer der Scharfschützen.

„Weiter vorne sind fünf unserer Kollegen. Sie schleichen sich langsam näher. Die tragen aber schwere Panzerwesten und Helme, deshalb ist das nicht so einfach."

Die Sonne geht unter und nach einer halben Stunde sehe ich nichts mehr. Es ist stockfinster. Da kommt der eine Typ raus und geht zum erloschenen Feuer. Mit ein paar Holzknüppeln und Brandbeschleuniger hilft er dem Feuerchen wieder auf die Sprünge. Im Schein der Flammen sehe ich, dass er seine Kalaschnikow dabei hat. Was würde er wohl tun, wenn ein Liebespaar beim abendlichen Spaziergang vorbei kommt. Er kann ja nicht einfach jeden erschiessen.

„Ich geh zurück zum Einsatzwagen", informiere ich die anderen.

„OK", flüstert einer.

„Hey!" melde ich mich leise beim Einsatzwagen zurück.

„Hallo. Kaffee?"

„Nein danke. Wann passiert denn endlich was. Worauf warten Sie?", frage ich den Einsatzleiter.

„Es ist heikel, die sind schwer bewaffnet. Wir wollen kein Risiko eingehen."

„Und wenn *ich* bereit bin ein Risiko einzugehen?"

„Wie meinen sie das?"

„Ich könnte zum Bespiel mit einem Hund als Spaziergänger getarnt ganz locker zur Hütte laufen."

„Und dann?" fragt der Einsatzleiter.

„Dann gehe ich rein."

„Der Typ mit der Kalaschnikow wird sie abknallen."

„Nicht wenn ihre Leute ihn ausser Gefecht setzen, sobald er die Kalaschnikow anfasst."

„Hm, riskant. Das kann ich nicht verantworten", lehnt er ab.

„Hören sie, Michail Daschkow hat vor einer Woche versucht, uns in St.Petersburg zu töten. Er wird es tun, wenn die Zeit gekommen ist. Wollen sie so lange warten? Können sie *das* verantworten?"

Er denkt nach.

„OK verdammt, meinetwegen. Sie müssen mir aber unterschreiben, dass sie auf eigene Verantwortung handeln und sich des Risikos bewusst sind."

„OK, her mit dem Wisch. Haben sie einen Hund?"

Es dauert dreissig lange Minuten, bis die schriftliche Bestätigung steht und ich unterzeichnen kann. Der Hund ist bereit. Ein schöner deutscher Schäfer.

„Die leichte Weste kann die Kalaschnikow nicht von tödlichen Schüssen abhalten. Behalten sie sie trotzdem an. Über diesen Kopfhörer hören sie unsere Kommunikation. Leisten sie unseren Anweisungen in jedem Fall Folge." Er hält mir handelsübliche Kopfhörer mit einem kleinen Empfänger entgegen.

„Habt ihr die Dinger nicht etwas kleiner? Die sieht man ja aus hundert Meter Entfernung."

„Genau und deshalb hält sie ja auch jeder für einen MP3-Player. Das ist heutzutage völlig normal, so spazieren zu gehen." Da hat er auch wieder recht.

„OK, los geht's", sage ich und schnappe mir den Hund. Da kommt eine Reporterin eines Lokalsenders mit ihrem Kameramann auf uns zu.

„Was machen sie denn hier? Haut ab, hier gibt's nichts zu sehen", faucht der Einsatzleiter halblaut.

„Können wir wenigstens hier bleiben? Fahnden sie nach dem Attentäter?", fragt die Reporterin ins Mikro. Der Kameramann tut seine Arbeit.

„Bis hier und keinen Schritt weiter, und halten sie die Klappe!"

„Ich geh dann los", sag ich.

Die TV Crew filmt, wie ich mit Hundi davon gehe. Mein Herz schlägt mir bis zum Hals. Ich versuche, ganz normal zu wirken. Die vorgelagerten Scharfschützen tauchen vor mir auf.

„OK Jungs es geht los. Haltet den Mann am Feuer im Visier. Schussfreigabe nach eigenem Ermessen. Ich wiederhole, Schiessbefehl lautet: Schussfreigabe nach eigenem Ermessen", kommen die Anweisungen klar und deutlich über meinen Kopfhörer.

„Viel Glück", flüstert mir einer der Scharfschützen über Kopfhörer ins Ohr, als ich an ihnen vorbei gehe. Ich kann die Hütte gut sehen. Hundi geht brav bei Fuss. Ich nehme einen meterlangen, schweren Ast und werfe ihn auf den Weg vor mir.

Ich will, dass der Typ am Feuer nicht erschrickt, wenn ich komme. Jetzt kann ich ihn sehen. Er hat mich bemerkt und greift zu Boden aber er schiebt nur seine Kalaschnikow ins Dunkel. Hundi schleppt wedelnd den Ast zurück und zeigt mir hüpfend, dass er weiter spielen will. Irgendwie muss ich den Typen am Feuer so weit provozieren, dass er die Knarre hebt, damit ihn die Scharfschützen erledigen können.

Ich werfe den Ast bis auf die Höhe der Hütte. Hundi bellt einmal vor Freude und rennt ihm nach. Schlendernd nähere ich mich dem Mann am Feuer.

„Sie laufen in der Schusslinie. Gehen sie hinter das Feuer", höre ich die Anweisung über Kopfhörer. Es gibt aber keinen logischen Grund, hinter das Feuer zu gehen, ohne irgendwie auffällig zu wirken. Also gehe ich erst einmal weiter. Hundi bringt mir wieder den Ast, ich werfe ihn nochmals weg.

„Sie stehen in der Schusslinie. Gehen sie zur Seite!" kommt abermals die Anweisung aber es ist zu spät, ich stehe beim Feuer.

„Grüezi, schönes Feuerchen." Ich tu so, als ob ich meine Hände wärme. Der Scheissköter kommt schon wieder mit dem Ast gelaufen. Ich greife nach dem Ast, aber Hundi will jetzt darum kämpfen.

„Verdammt, gehen sie endlich aus der Schusslinie!" Mein Puls ist so hoch, dass ich Mühe habe normal zu atmen. Der Typ sieht mich mit zusammengekniffenen Augen prüfend an. Plötzlich hat er einen erschrockenen Gesichtsausdruck. St. Petersburg! Meine Tarnung ist aufgeflogen.

Ganz langsam bewegt er seine Hand in den Schatten, wo seine Knarre liegt. Verdammter Profi, er weiss, dass eine schnelle Bewegung in verraten und seinen sicheren Tot bedeuten würde.

‚Schiesst schon, verdammt schiesst endlich', denke ich, aber nichts geschieht. Hundi zerrt immer noch am Ast.

„Michail!", ruft der Typ plötzlich laut und greift sich seine Kalaschnikow. Ich reisse den Ast aus Hundis Schnauze und schwinge ihn in Richtung des Russen, der reisst seine Knarre hoch und drückt ab. Eine Salve von drei Schuss löst sich nur einen Bruchteil einer Sekunde, nachdem ich den Lauf mit dem Ast getroffen habe und rückwärts umfalle. Von den drei Magazinen Stahlmantelgeschossen, die dem Russen die Knochen zermalmen und sein Blut über mich spritzen lassen, höre ich nur die Aufschläge. Die Scharfschützen benutzen Schalldämpfer.

Ich kralle mir die Kalaschnikow und stürme zur Hütte. Alles geht wie in Zeitlupe. Zwei Schritte hinter der Türschwelle, im Dunkel der Hütte, erkenne ich Mikes Gesicht, erhellt durch das stakkatoartige Mündungsfeuer seiner Pistole. Noch sechs Meter. Im Laufschritt reisse ich die Kalaschnikow hoch und ziehe den Abzug mit einem Angriffsschrei durch. „Aaahhhh!" Eine Salve geht in Richtung Mike, dann bin ich schon bei ihm und reisse ihn zu Boden. Seine Pistole fliegt bis zur Rückwand der Hütte.

Nathalie sitzt geknebelt, mit verbundenen Augen auf einem Stuhl, die Hände hinter die Lehne gefesselt. Mike ist am Bein getroffen. Mit der Kalaschnikow im Anschlag springe ich wieder auf.

„Schneid sie los!", schreie ich ihn an und werfe ihm Robs Messer zu.

„Du Würstchen wirst nicht abdrücken", grinst er mich frech an. Ich ziele auf das getroffene Bein.

„Drei, zwei, eins", zähle ich schnell durch und drücke ab. BLAM! Er schreit auf. Sein Knie ist hin. Jetzt ziele ich auf seine Eier.

„Schneid sie los! Drei, zwei". Endlich nimmt er das Messer vom Boden und öffnet mit zitternden Händen die Klinge. Ich höre, wie die Scharfschützen herbeieilen.

„Alles OK!", rufe ich ihnen zu. Kontrolliert stürmen sie zu dritt die Bude. Befehle schwirren herum. Mike wird zu Boden gerissen und der Polizist steht mit seinem schweren Lederstiefel auf Mikes Handgelenk. Seine Hand öffnet sich langsam und gibt das blutige Messer frei.

„Raum gesichert!" ruft einer. Ein anderer nimmt mir vorsichtig die Kalaschnikow ab, mit der ich immer noch auf Mike ziele.

„Es ist vorbei", sagt er.

Ein Scharfschütze befreit Nathalie.

„Pit, es ist vorbei", sagt Eric und legt seinen Arm um mich. „Du stehst unter Schock."

Nathalie springt mir entgegen und umarmt mich. „Pit, du bist gekommen! Danke", sagt sie mit Tränen in den Augen.

So stehen wir da, ich weiss nicht wie lange. Ein Polizist hebt das Messer auf.

„Hey passen sie auf! Das ist ein Beweismittel!" schnauze ich ihn an. Er legt es wieder vorsichtig auf den Boden. Jetzt wird mir auch langsam klar, dass der Horror entgültig vorüber ist. Es ist vorbei. Plan B hat funktioniert.

„Nathalie, wie geht es dir?", frage ich.

„Alles ist gut Liebster, alles ist gut", schluchzt sie. Wir gehen nach draussen. Scheinwerfer blenden uns. Kurz vor der Feuerstelle werden zwei Kamerateams zurückgehalten. Ein zweiter Krankenwagen fährt vor. Der Russe vor dem Feuer ist zugedeckt, nur die Füsse schauen unter der Abdeckung hervor.

„Hat die Geiselname mit dem Anschlag auf den Präsidenten zu tun?"

„Haben sie den Attentäter gefasst?"

Ich finde diese Sensationsgeilheit zum Kotzen und winke ab. Wir gehen an der Meute vorbei, ohne ein Wort zu sagen. Sanitäter kümmern sich um Nathalie und mich. Im Krankenwagen ziehen sie mir die schusssichere Kevlarweste aus.

„Waren sie der, der das Haus gestürmt hat?", fragt mich der Sani.

„Ja", antworte ich müde.

„Mann haben sie ein Schwein gehabt! Hier stecken sechs Kugeln drin und sie haben nicht einen Kratzer!"

‚Zum Glück ist Mike ein Profischütze', denke ich. Fortuna hat es heute sehr gut mit mir gemeint. Danke Jesus, dass du mich beschützt hast. Ich zwinkere ihm zu, wie ich das immer tue, wenn ich mit ihm in Gedanken rede.

„Pit, alles klar bei dir?" Eric steht vor dem Krankenwagen.

„Ja alles bestens. Danke, dass du mir geholfen hast."

„Gern geschehen. Hör zu, soll ich deinen Wagen nach Hause fahren? Dann kannst du zusammen mit Nathalie im Streifenwagen zurück fahren."

„OK. Danke." Ich werfe ihm die Schlüssel zu. „Bis nachher und fahr vorsichtig!", grinse ich ihm zu.

Nathalie und ich sind beide so kaputt, dass wir auf der Rückfahrt kaum ein Wort reden. Sie schläft sogar auf meinem Schoss ein und ich schaue nach draussen in die Dunkelheit. Plan B hat funktioniert, ich kann's nicht fassen.

Meine Corvette steht schon auf dem Vorplatz und Eric steigt aus, als wir ankommen.

„Hey alles klar Alter? Du bist ein verdammter Held."

„Hey Eric! Hör zu, ich bin hundemüde und Nathalie hat ein Beruhigungsmittel bekommen. Lass uns morgen feiern ja?"

„Ja OK. Morgen reicht auch noch." Ich bedanke mich noch bei dem Polizisten, der uns nach Hause gefahren hat.

Ich bringe Nathalie ins Bett und küsse sie zärtlich auf die Wange.

„Danke Liebster", flüstert sie noch.

„Schlaf jetzt. Es ist schon halb drei Uhr morgens. Wir reden wenn wir ausgeschlafen haben." Sie schliesst die Augen und schläft ein. Ich genehmige mir noch einen Jack und schlüpfe dann zu ihr unter die warme Decke.

Drei Stunden später klingelt es Sturm an meiner Haustür. Schlaftrunken stehe ich auf und geh zum Fenster. Es ist Eric. Ich stolpere runter und öffne ihm die Tür.

„Pit, ich habe kein Auge zugetan und die polizeilichen Ermittlungen verfolgt. Man wird Mike des Anschlages auf den Präsidenten anklagen. Sie haben das Messer als Tatwaffe identifiziert, den Dreck aus dem Wald und vermutlich Mikes Haare am Tatort gefunden und zu guter letzt behauptet der CIA, es sei ein Russe gewesen. Mike wird den Rest seines Lebens in einem Hochsicherheitsgefängnis verbringen. Schau mir in die Augen Pit. Ich hab keine Ahnung, wie du das alles hingekriegt hast, aber das war doch *dein* Messer – *Du* bist der Attentäter!"

„Was? Wovon redest du?", tue ich unschuldig.

„Spiel jetzt nicht den Dummen Pit. Dafür bleibt uns keine Zeit. Ich will dir helfen, vertrau mir. Sag mir die Wahrheit!"

Ich bin so müde, dass ich keinen Widerstand mehr leisten kann. Lieber Eric, als ein anderer Bulle.

„OK Eric, ich geb' auf. Du hast mich überführt." Und strecke ihm meine Handgelenke entgegen.

„Pack sofort deine Sachen ein", befiehlt er mir.

„Was? Willst du mit mir durchbrennen?" Langsam werde ich wach.

„Du verrückter Scheisskerl. Ich meine die Sachen, die du gestern beim Anschlag auf den – na du weisst schon. Wir müssen die Spuren beseitigen. Pack alles in einen Sack."

Wir packen alles rein. Meine Hose, meine Motorradjacke, den Helm, die Sturmmaske, alles.

„Wo sind deine Stiefel?", fragt Eric.

„Oben."

„Mann Arschloch. Ich sagte alles in den Sack. Ist sonst *alles* drin? Unterwäsche?"

„Ja sonst ist alles drin."

„Los los los schnell, die Stiefel!" Ich renne hoch und komme mit den Stiefeln wieder.

„Rein damit, los ab in mein Auto." Er ist mit einem Streifenwagen da.

„Und Nathalie?"

„Wir brauchen nicht lange. Komm jetzt!"

Wir fahren ohne Licht in die nahe gelegene Kiesgrube. Eric springt aus dem Wagen und legt den Sack und die Stiefel fünf Meter vor das Auto.

„Was hast du jetzt vor?" Meine Frage erübrigt sich. Eric kommt mit einem Benzinkanister daher.

Er schüttet den Inhalt über meine Sachen.

„Hast du Feuer?", fragt er mich.

„Nein, ich rauche nicht."

Wir stehen stumm vor dem stinkenden Plasiksack. Eric beginnt zu lachen.

„Scheisse. Daran kann es jetzt wirklich nicht scheitern. Er geht zum Auto und drückt den Zigarettenanzünder rein.

„Weisst du, ich hatte auch schon an Rache für Rob gedacht, habe aber schnell den Schwanz eingezogen. Nicht wie du. Du hast etwas unternommen", sagt er und entzündet ein Stück Papier, dass er mit einem Tropfen Benzin getränkt hat.

„Na also, geht doch."

Er läuft zum Plastiksack und zündet das Benzin an. Die Flammen züngeln erst zögerlich, dann immer schneller. Wir treten zurück und nach wenigen Sekunden steht alles in Vollbrand. Eine Weile sagt keiner von uns etwas. Die Flammen wärmen uns.

„Der DNA Test dauert etwa drei Tage. Ich muss noch einen Weg finden, wie ich deine Haare verschwinden lasse. Gab es einen Kampf?", fragt Eric schliesslich.

„Ehm, es gab keinen Kampf - und es sind Mikes Haare", sage ich lapidar.

„Was?! Ich glaub's einfach nicht, wie hast du das bloss hingekriegt?"

„Pures Glück!"

„Mann! Das kannst du laut sagen."

„Warum hilfst du mir eigentlich Eric, das wäre doch der grösste Fahndungserfolg deines Lebens?"

Eric ist ob meiner Frage überrascht und zögert.

„Ach Pit, wir wollten es dir schon lange sagen. Dein Bruder und ich – wir waren ein Paar."

„Scheisse, tut mir leid Mann!" Ich lege meinen Arm um Eric.

„Ja mir auch."

Wir bleiben stumm stehen, bis die Flammen aufgeben und nur noch ein Häufchen rauchender Müll vor uns liegt. Die ersten Strahlen der aufgehenden Sonne treffen uns.

„Komm, ich lad dich zum Frühstück ein. Nathalie wird sicher auch bald aufwachen."

„Gerne", nimmt Eric die Einladung an. „Wirst du Nathalie die Wahrheit sagen?"

„Sollte ich?"

„Ich weiss nicht. Ich glaub eher nicht. Gewisse Dinge behält man besser für sich."

„Da hast du recht. Ich werde es ihr irgendwann erzählen. So in vierzig Jahren."

Als wir uns meinem Haus nähern, stehen drei Übertragungswagen auf dem Vorplatz. Die Meute umzingelt uns sofort, als wir vorfahren.

„Herr Brad, wie fühlen sie sich als Held?"

„Herr Brad, wurden sie bei der Stürmung der Hütte verletzt?"

„Herr Brad, woher wussten sie, wo sich der Attentäter aufhält?", bestürmen mich die Reporter alle auf einmal und drücken mir ihre Mikros ins Gesicht.

„Nun zuerst einmal bin ich froh, dass der Präsident noch am Leben ist." ,Hast du das wirklich gesagt Pit? Gute Show!' Ich beantworte brav alle Fragen, als Nathalie im ersten Stock das Fenster zum Hof öffnet.

„Was ist denn hier los?", ruft sie runter. Ich sehe zu Eric und er versteht sofort. Er geht hoch und bringt Nathalie auf den neuesten Stand. Nach drei Minuten kommen sie runter.

„Hallo mein grosser Held!" Sie fällt mir um den Hals und gibt mir lachend einen dicken Kuss. „Mike war keinen Moment weg. Eric hat mir alles erzählt", flüstert sie mir ins Ohr. Na toll, der kann ein Geheimnis gerade mal dreissig Sekunden behalten.

„Sind sie die Geisel?", ruft einer der Journalisten.

„Ja und ich kann bestätigen, dass mein Entführer ein gefährlicher Krimineller ist", gibt Nathalie geschickt zur Antwort.

„Sind sie die Ehefrau von Herr Brad?" fragt ein anderer. Nathalie sieht mich mit einem herausfordernden Lächeln an. Ich kann nicht widerstehen und gehe auf die Knie.

„Willst du meine Frau werden?"

Scheisse, mein Handy klingelt. Ich versuche es zu ignorieren, doch Nathalie bedeutet mir es abzunehmen.

„Mister Peter Brad?" fragt mich eine amerikanische Stimme.

„Ja, aber hören sie, ich habe jetzt keine Zeit für Interviews. Ich stecke gerade mitten in einem Heiratsantrag   Hallo?" Es raschelt.

—

„Wer? George was? – Seid doch mal ruhig!", schmettere ich in die Menge.

„Hallo? – Bush? – Oh eh, Mister President!"
Augenblicklich wird es still um mich herum.

—

„Ja ich stecke gerade mitten drin."

—

„Nein, sie hat noch nicht geantwortet, sie haben uns gerade unterbrochen."

—

„Genau."

—

„Natürlich gerne."

—

„Na bis dann George und gute Besserung!" Ich klappe mein Handy wieder zu.

„Das war eben der Präsident der Vereinigten Staaten. Er will sich bei mir für die Erfassung des Attentäters bedanken. Mit einer Hochzeitsreise unserer Wahl – Also?"

„Ja!"

- Ende -